角川春樹事務所

曲亭の家

目次

一　酔芙蓉

どうしてこんな家に、嫁いでしまったのだろう――。

お路は深く、後悔していた。そして今日、遂にその気持ちが爆発した。

「お舅さま、お姑さま、旦那さま、短い間でしたがお世話になりました。私、実家に帰らせていただきます」

これまで、口応えしたことなど一度もない。華には欠ける顔立ちだけに、黙ってさえいれば、落ち着いて慎み深い嫁に見えるはずだ。

舅姑と夫が、あんぐりと口を開けるさまを思い返し、ふっと笑いがこみ上げた。笑ったことなど、この家に来て初めてだ。いや、すでに打ち捨ててきたのだから、あの家だ。

清々しい気分で、昌平橋を渡った。婚家も実家も同じ神田の内、神田明神下同朋町にある婚家から、神田塗師町の実家まで、四半時もかからないわずかな距離だ。どうして四月近くも遠ざかっていたのか――厳格な舅の目を憚っていたのだが、いまとなってはそれすらどうでもいい。

橋を渡って筋違御門を過ぎると、見渡す限りの町屋が広がる。これほど広く町屋が取られているのは、江戸広しといえど神田だけだ。ごみごみと立て込んでいてにぎやかで、人熱と暮らしのにおいで満ちている。胸いっぱいに吸い込んだ。

五、六町も行けば、懐かしい我が家がある。婚家をとび出してきたと告げれば、両親はさぞ驚くことだろう。いやいや、そろってお気楽で呑気者の夫婦だけに、ほお、とか、あらまあ、で終わりそうな気もする。少なくとも並みの親のように、勝手を通した娘を懇々と説諭したり、怒鳴りつけて帰すような真似はすまい。

離縁となればひと悶着は避けられないが、二、三日は実家でくつろげる。

お路は何よりも、笑いに飢えていた。しんねりと陰気で、かと思うと一転して怒声や金切り声が響きわたる。絶えず不機嫌で、怒りと不満ばかりが空気に淀んでいる。あんな家にいたら、病気になるのもあたりまえだ。現に夫と姑は病持ちで、舅も頑健とは言い難い。

体格こそ並外れて立派だが、たびたび体調を崩すことが多かった。

そしてこの舅こそが、家の病の根源に違いない。お路にはそう思えた。

笑う門には福来る。舅は頑ななまでに、その格言を忌避し続けていた。

「あれが稀代の戯作者なんて、ほんと、笑っちまう」

舅の筆名は、曲亭馬琴。いまや押しも押されもしない、江戸いちばんの売れっ子作者だった。

「父さんと母さんなら、三月も前に築地に移ったじゃないか。きいていなかったのか？」

兄の元祐に言われて、ようやく思い出した。お路が嫁いでひと月後、両親は塗師町の家を兄一家に譲って、夫婦で築地に引っ越したのだ。婚家を訪ねてきた父からきいていたのに、すっかり忘れていた。

気負っていただけに、何やら肩すかしを食らったようで、急に力が抜けた。

「おばちゃん、どこ行ってたの？」

四歳の甥が寄ってきて、無邪気に問う。二歳の姪は、まだ赤ん坊だった。

「ちょっと、橋向こうまでね」

「お土産は？」

「ああ、ごめんね、うっかりして忘れちゃった。後で一緒に、菓子屋に行こうか」

甥のぷくぷくした頬をつつき、それだけで気持ちが和んだ。

「それにしても、おまえが家をとび出してくるなんて意外だな。何かやらかすなら、静（しず）姉さんの方だと思っていた」

「あたしも、そう思っていたわ」

むっつりと返すと、兄が喉の奥で笑う。それだけで、救われた心地がした。婚家とは逆に、この家では何事も笑い話になる。

「さあさ、お茶が入りましたよ。あいにくお茶請けが漬物しかなくて。来るとわかっていれば、お鉄（てつ）ちゃんの好きな角屋（かどや）の饅頭（まんじゅう）を買っておいたのに」

義姉（あね）の口調は、皮肉にもとれる。正直なところ、この義姉は少々苦手だった。五十俵高の武家の娘で、態度や物言いが気取っていて親しみに欠ける。

「あら、ごめんなさい、嫁入りして名を改めたのね。お路さんと呼ばないと」

「気にしないで、義姉（ねえ）さん。いままでどおり、鉄と呼んでちょうだいな。路と呼ばれても、未（いま）だにどこの誰？って当のあたしが探しちまう始末だもの」

冗談めかすと、義姉が軽やかに笑う。馬が合わないはずの義姉の笑い声すら耳に心地良く、兄も相好を崩し、つられて甥もにこにこする。

家族の笑顔がこんなにも有難いものとは、思わず手を合わせたくなるほどだ。

お路の生まれた土岐村(ときむら)家は、そういう家だった。いつも笑いが絶えず、歌舞音曲を好み、騒々しいほどににぎやかだった。子供の頃の一家団欒(だんらん)が浮かび、涙ぐみそうになった。

だが、いまの自分は土岐村鉄ではなく、滝沢(たきざわ)路なのだ。

女は嫁いでも苗字が変わらぬから、人別帳の上では土岐村路だが、婚家たる滝沢家の家風をひたすら押しつけられては、本性すら忘れそうになる。

鉄から路へ改めさせたのは、土岐村の両親だ。母や姉にくらべると愛想に欠け、女にしては頑固で情の強(こわ)いところがある。そんな末娘の性質を案じて、固い印象の鉄から、やわらかな路に変えたのだろう。それでもお路は、やはり鉄の方が自分には似合いに思える。

「どのみち、鉄に戻ると思うわ。そのつもりで帰ってきたの」

「それは……離縁ということか？」

「あらまあ、どうしましょ」

兄夫婦が、しばし言葉を失う。奥の座敷から姪の泣き声がきこえ、義姉は気掛かりなようすを見せながらも腰を上げる。甥もその尻にくっついていき、ふたりきりになると、兄はなだめるように妹に言った。

「宗伯殿と、喧嘩でもしたのか？」

「喧嘩ができるくらいなら、よほどましだわ。その手前で止まっちまうか、向こうがいきなり癇癪を起すか、どちらかよ」

「あの宗伯殿がいきり立つ姿なぞ、にわかには信じられんな。医者仲間のあいだでは、枡が着物を着て歩いているようだと噂されている。四角四面で過ぎるほど真面目で、病人の診察もていねいだとな」

つまり表では一切、あの病じみた癇癪は封印されているということか。考えると、よけいにむかっ腹が立った。これもまた、内弁慶のひとつかもしれない。

「あたしだって最初は、目を疑ったわ。というより、呆気にとられてぽかんとしちまったわ」

「土岐村と滝沢は、同じ医家だけに馴染みそうにも思えたが」

「家風の違いときたら、天と地、月とスッポン、まさに雲泥の差よ」

「嫁に行く前は、土岐村とは合わないと愚痴をこぼしていたじゃないか」

そのとおりだ。明るく呑気でお気楽な雰囲気から、自分だけが弾かれているような心許なさがあった。兄妹の中で、ひとりだけ歳が離れていることもあろう。

お路は四人兄妹の、末娘として生まれた。

父の土岐村元立は、紀州藩の家老に抱えられる医師であり、町医も営んでいる。扶持を受けているだけに表向きは武家の身分になるのだが、堅苦しさとはまったくの無縁で、年中、遊山や芝居、料理屋なぞに出歩いている。

土岐村は母の実家であり、父は婿養子に入った立場だが、道楽にかけては似合いの夫婦だ。母のお琴も、夫と連れ立っていそいそと出掛け、夫婦仲はしごくよかった。子供たちにも暮らしの不自由はさせず、学問や習い事、行儀見習なぞを修めさせた。長女のお静は、お路より十一歳上になる。長男の元祐、次女のお伊保までは、それぞれ二歳ずつ離れていたが、末っ子のお路だけが、伊保から七歳も離れて遅く生まれた。

長女と次女は、ともに両親の気質を余すところなく受け継いでいる。花々のあいだをひらひらと舞う蝶のごとく、ただこの世の春だけを謳歌していた。

「ね、母さん、木挽町の市村座が、来月、十二代羽左衛門の襲名披露をするそうよ」

「そりゃ楽しみだねえ。何を着ていこうかね」

「いっそ着物も帯も新調したいわね。でもうちは、武家とはいえ少禄だもの。やっぱりお静姉さんのように、商家に嫁げばよかったわ」

寄れば触れればその調子で、流行りの着物や美味しい料理、四季の花見や芝居のことばかり、一時でも二時でも話し続ける。

「おまえたちの着物くらい、父さんに言えば整えてくださるよ。なにせ器量よしの娘たちが、ご自慢だからね」

弾けるような母の笑顔を思い浮かべると、わずかながらの痛みが伴う。次女のお伊保が欠けたいま、その光景が二度と戻ることはないからだ。

兄妹はいずれも容姿に引け目を感じることなく育ったが、とび抜けて華やかな美貌を備えていたのは、次女のお伊保だった。しかし美人薄命の言葉どおり、五年前、病を得て二十四歳の若さで亡くなった。そのときばかりは、さすがに両親も気落ちしていたが、一周忌が過ぎる頃には、またもとの明るさを取り戻していた。

一方のお路は、末娘だけに存分に可愛(かわい)がられて育ったが、歳が離れていたこともあって母や姉たちの輪には入れず、いつも遠くからながめているような子供だった。

芝居や歌舞は、決して嫌いではない。ことに踊りにかけては、姉妹の中でもいちばん上手だと褒められた。ただ、母や姉たちほどには熱心になれないだけだ。

それなら何が好きなのかと問われると、これといって浮かばない。

そのうち嫁入りして子供を産んで、妻として母として生きていこう。漠然とそう考えていた。まさか三月半で家を出るとは、お路自身がいちばんびっくりだ。

「おまえは案外、男勝りなところがあるからな。強情で、決して曲げない己の芯を持っている。見かけでは、わからないがね」

思わず、細面の兄の顔を仰いだ。たしかに、ふたりの姉よりも兄の方が、話しやすいところがあった。この兄もまた、見かけによらず頑固な一面がある。

「父さんや母さんは、時々こちらに顔を出すの？」

「ああ、相変わらずだ。鬱陶しいことこの上ない」

両親の話をしたとたん、兄のやさしい面立ちが一変する。憎々しげに吐き捨てた。父と兄の不仲は昔からだが、妻子を得た頃から、いっそう亀裂は深まった。同じ医者の道を歩んだというのに、親子の性質は、水と油ほどにも違う。

父の享楽ぶりが兄には我慢ができず、父からすれば兄は利己的で冷たい男だった。お路から言わせれば、どちらも極端なのだ。

気さくで人好きのする元立は、頼まれれば他人にも、ぽんと金を貸すような性分だ。抱え医師という身分に加え、町医としての評判も上々。金回りが良いぶん金銭に頓着せず、使いっぷりも豪勢だ。しかし兄は、父のすべてを裏から見ている。

医師としては、腕ではなく口の旨（うま）さが頼りで、いい加減な診立ても多い。底が抜けたような丼勘定で、他人に金を貸すなど迂闊（うかつ）にもほどがある。金ほど厄介を招くものはなく、用心や心掛けは欠かせない。父親を悪い手本としてきた元祐は倹約家で、周囲に節介を焼くことも戒めている。翻って元立の目には、吝嗇で薄情な息子に見えるのだ。

　この構図は、母と義姉にもそのまま当てはまる。

　紀州藩家老に仕えていたのは母の父、兄妹の祖父であり、元立はその跡を継いだ。家つき娘として何不自由なく育った母と、御家人の娘としてつましい暮らしに耐えてきた義姉では、やはり何かと嚙み合わない。

　お路は花嫁修業として大名家に二年、江戸城大奥にも十月ほど奉公した。その三年近くのあいだに、両親と兄夫婦の仲は修復不能なほどにこじれていた。

　お路の嫁入りを機に、両親が築地に越したのはそれが理由だ。塗師町で開いていた診療所を息子に任せ、自身は築地で開業したのは、元立なりの親心であろう。ただ、互いに背を向けているかぎり、兄には伝わらない。

「熱心に脈をとるのは、ご家老家の内だけ。他の病人には、ろくな診察もせずに薬礼だけ稼ごうとする。口の達者で凌いでいるつもりだろうが、悪い噂も立ちはじめている。ボロを出す前に、塗師町から逃げ出したのさ」

　父のことになると、辛辣極まりない。お路はこの兄とはしごく仲がよかったが、親のけなしようだけはいただけない。ただ、今日ばかりは、別の意図があったようだ。

「おまえの夫の宗伯殿は、父さんとは逆だ」

ふいに夫の名を出されて、ぎくりとする。

「自身が病がちな故に、その辛さが身にしみるのかもしれないな。診察は実にていねいだときく。おまえが離縁するというなら、少し残念に思うよ」

たしかに、誰にでも長所はある。しかし長所を差っ引いても、あまりある短所があれば話は別だ。あの別人のような姿を知らない兄には、話したところで伝わるまい。

その折、姉のお静が駆けつけてきた。知らせたのは義姉であろう。塗師町からほど近い商家に縁付いており、実家にも気兼ねなくたびたび顔を出していた。

「お鉄、あちらの家を出てきたって本当なの？　本気で離縁するつもり？　せっかく曲亭馬琴の家に嫁いだってのに、残念だわぁ」

残念と言いながら、姉の目はきらきらと輝いている。女の噂好きは、古今東西変わらない。肴にされるのはいただけないが、いまは不満をぶちまけるのが先だった。

兄は往診の約束があり、入れ違いに出ていった。姉妹水入らずになると、お静の口はさらになめらかになった。

「だいたい、祝言からして急ぎすぎよね。縁談から祝言まで、わずか半月なんて。あれは馬琴先生の采配ときいたけど、先生はそんなにせっかちなの？」

馬琴はたしかに気が短い。だが、祝言をこの日と決めたのは、ご神宣（しんせん）に他ならなかった。


縁談が持ち上がったのは、今年の三月十一日だった。

「お鉄、喜べ！　おまえにまたとない縁談が舞い込んだぞ！」

父の元立は、諸手（もろて）を上げて妻と娘に仔細（しさい）を告げた。

「まあっ、曲亭馬琴ですって？　とても信じられないわ。本当に馬琴先生なの？　似たような名を騙（かた）る別の物書きではないんですか？」

「正真正銘、曲亭馬琴だ。ご嫡男の宗伯殿が、松前志摩守（まつまえしまのかみ）さまのお出入医をなさっていてな。そのご嫡男に、うちのお鉄をどうかとのお話だ」

「おまえさま、もちろん承知しなすったのでしょうね？」

「あたりまえだ。あの名高い戯作者と、縁者になるのだぞ。こんな幸運を逃してなるものか」

「ではさっそく、見合いの日取りを決めませんと。お鉄には、何を着せようかねえ。

春らしく、華やかな装いがいいわねえ」

娘そっちのけで、両親は勝手に盛り上がっているが、縁談とはそういうものだ。親と仲人が進めるもので、当人は駕籠に乗ったまま、あっちこっち引っ張りまわされるに近い。

いたって俗っぽい両親が、相手の気が変わらぬうちにと大急ぎで立ち回ったが、馬琴の急かしようはそれ以上だった。

見合いは三日後、十四日の昼に行われた。婿側の便の良いようにと、仲人は神田明神の茶屋を指定したが、馬琴からは上野池之端にしてほしいと返された。結局、場所は池之端の茶屋となり、両親とともに見合いに挑んだが、その席に曲亭馬琴は現れなかった。

話はもっぱら、息子につき添ってきた馬琴の妻のお百と、両親のあいだで交わされる。

「申し訳ありませんねえ、なにせ忙しい亭主で、滅多に家から出ることすらなくって」

「いやいや、天下の馬琴先生ならさもありなんですな。『傾城水滸伝』や『金毘羅船利生纜』も楽しみですが、何といっても『南総里見八犬伝』の続きが、待ち遠しくてなりませんな」

「奥方さまも、やはり筆のお手伝いなどなされるのですか？」

「いいえぇ、あたしはまったく書き物には縁遠くて。本を開いたとたん、眠くなっちまう始末で」

夫は文筆家で、息子は医者。しかも藩医となれば、滝沢家は曲がりなりにも武家である。しかしお百には、そんな気取りは毛ほどもなく、口ぶりはいたってざっかけない。町人気質は土岐村も同じであるだけに、案外話がはずんだ。

「書き物は、この鎮五郎が手伝ってましてね。お清書だの稿の改めだのは、すっかり息子任せで」

宗伯は医者としての名で、本名は滝沢鎮五郎という。お鉄は上目遣いに宗伯をながめた。

背は並みくらいだが、顔色が青白く、ひ弱そうに見える。歳は三十一歳、お鉄は二十二歳だから九つ年上になるのだが、内気な性分なのか、さっきからひと言も口を利かない。

線が細く、少々気難しくも映るが、真面目そうなところは好感がもてた。

ただひとつだけ、気になったことがある。父の冗談に、お百が大口をあけて笑ったときだ。ち、と舌打ちがきこえそうな表情で、じろりと実母を睨(にら)んだ。当のお百も、話に興じる両親も気づかなかったが、おや、とお鉄は思った。

　それが唯一の引っかかりであったが、さほどの難ではない。お鉄もひととおりの花嫁修業は修めたが、舞以外はこれといった取り柄もなく、二十歳を過ぎると婚期としては遅い部類に入る。

　宗伯がちらとこちらを見て、一度だけ目が合った。あわてて下を向き、視線を外す。気に入られなかったら、どうしよう――。思わずからだが固くなる。長姉のような明朗さも、亡き次姉の美貌も、お鉄は持ち合わせていない。愛想にも華やかさにも欠ける自分が、急につまらないものに思えてきた。

　この縁談を望んだのは、決して両親ばかりではない。あからさまに口にする俗っぽさを侮りながらも、戯作者の名に、誰よりも惹(ひ)かれていたのはお鉄だった。江戸の隅々にまで名を馳(は)せた、曲亭馬琴の家に嫁ぐ――。玉の輿(こし)という言葉がちらつくほどに、お鉄の自尊心を限りなくくすぐった。

「娘はこう見えて、私に似て本好きでしてね」

　元立の大嘘(おおうそ)には、さすがに肝が縮んだ。父は医者のくせに、大の本嫌いだ。医書ですら滅多に開かず、黄表紙や読本(よみほん)も縁遠い。さっき並べ立てた馬琴の作品も、とりあえず名を暗記したに過ぎず、内容は知らないはずだ。

「お鉄は暇さえあれば、黄表紙に読みふけるような娘でして」

「読み書きの出来も、なかなかだったんですよ。きっと馬琴先生の、お役に立てると思います」

母までが追従し、よけいに身の置き所がなくなる。手習いの出来は凡庸で、本好きはあくまで、土岐村家の中では、という意味だ。両親と姉たちは一切手にとろうとせず、唯一の例外は、学問に熱心な兄だけだ。大方は医書や薬書だが、戯作のたぐいも嫌いではない。

世はまさに戯作隆盛の時代であり、山東京伝や式亭三馬、十返舎一九、柳亭種彦など、名だたる作家の作品であふれていた。お鉄も兄のお下がりの本を開くことがあり、ことに滑稽本や人情本は好んで読んだ。ただ、世辞にも読書家とは言えない。あくまで暇つぶしの域を出ず、物語の中身よりむしろ、華やかで緻密な絵をながめていただけだ。

「誰より高名な戯作者たる、馬琴先生の家に嫁ぐことができるなら、娘にとってこれほどの喜びはありますまい」

父の調子の良さが最高潮に達したとき、宗伯が初めて口を開いた。

「私の父は、戯作者ではありません。読本作者です」

はて、と元立が首を傾げる。両者の違いが、わからなかったからだ。

「戯作はあくまで俗本であり、話の筋書きより絵に重きが置かれる。いわば大人のための絵本です。対して読本は、唐の古典を元にして筋を拵え、人徳や因果応報、仏道の教えまでをも盛り込んだもの。俗本たる戯作とは一線を画す、知恵ある大人の読み物です」

傲慢なまでの尊大さは鼻につくが、宗伯が心底、父の馬琴を尊敬していることは察しがついた。

「これは迂闊なことを申し上げて、ご無礼しました。たしかに読本の達者では、馬琴先生に敵う者はおりませぬな」

たとえ馬脚をあらわすことはあっても、元立には即座に詫びる率直さと、機転の良さがある。すぐさま取り繕い、宗伯もそれ以上は慎んだ。

波風といえばその程度で、見合いは概ね、和やかに運んだ。

見合いとは、互いに精一杯着飾り、欠点を覆い隠し、見栄の張り合いをする席だ。本性など、わかりようもない。家ごと金襴の緞子を被っているようなもので、嫁いで初めて内情が知れる。

嫁ぐとは、見ず知らずの者たちと、家族になることだ。それがどんなに残酷なことか、お鉄はまだ知らなかった。

それから四日後、元立が馬琴宅を訪ねて、縁談の承知を告げた。父はこのとき初めて馬琴に会った。父がまず驚いたのは、馬琴の体格だった。

「いや、びっくりするほど大きなお方でな、背丈は六尺に届きそうなほどだ。お歳は六十一ときいたが、矍鑠としていらっしゃる」

文筆家というよりも、実に侍然としていたと、父は妻や娘に向かって語った。

馬琴は武家の五男として生まれ、父は旗本家で用人を務めていた。幼年時代は何不自由なく育ったが、馬琴が九歳のときに滝沢家の暮らしぶりは一変する。父が病で急死し、嫡男の兄は若過ぎて、跡目を継げなかった。つまりは主家から放り出されたということだ。そこから先は苦労続きで、馬琴は母とふたりの兄を亡くしている。残るふたりの兄は、子供の頃に夭折していた。

馬琴が元立を相手に、滔々と己の来し方を語ったのは、苦労自慢のためではない。

自分と、そして息子の宗伯が、武家の血筋であることを、縁戚となる元立に知らしめておきたかったからだ。

「昔仕えていた旗本家からは、いわば見捨てられたというのに……武家に執着する気持ちがわかりません」

　父を前に、素直な疑問が口をついた。

「殿方は、身分や出世にこだわる方が多いからねえ。案外、面倒くさいものなのよ。おまえの父さんと違ってね」

　ふふ、と母が笑う。父はたしかに、格式よりも実利をとる男だ。兄が批判するようにいい加減なお調子者であることは否めないが、そのぶん枠がない。上への媚へつらいは、あくまで世過ぎのためであり、身分にはむしろ頓着がなく、男女についても同じことが言えた。女らしくしろとか、女のくせにとか、土岐村の家の内では、ただの一度も言われたためしがない。むしろ世間の方がよほど頑固で窮屈なのだと、大人になってから思い知り、若いお鉄は大いに驚いたものだ。

　これから嫁ぐ滝沢家もまた、そういう古い考えの家柄のようだが、ある意味これも世の常だ。両親はさして気にせず、父はその日仕入れた滝沢家のあれこれを、喜々として披露した。

「奥方は馬琴先生より、三つ年上だそうでな。わしと同じに婿養子の立場になるのだが、先生のたっての願いで、滝沢の姓を名乗っておる。そういえば、もうひとつ土岐村と似たところを見つけたぞ。兄妹の連なりようだ」

ともに兄妹は四人、うちひとりだけが男子で姉妹は三人だと、嬉しそうに語る。

宗伯は三番目で、ふたりの姉と妹はすでに片付いているために、家族は親子三人。手伝いに下女をひとり雇っていた。

「小姑もおらぬし、あれならのびのびと過ごせよう。お宅も武家屋敷だけあって、実に広々としていてな、未だあちこち手を入れておる最中だそうだが、そのうち庭に瓢箪池や築山を設けると仰っていた」

滝沢一家が以前住まっていたのは、元飯田町中坂にある、お百の実家だった。

九段坂の北に、並行して中坂が走り、その両側に元飯田町がある。お百の実家は履物屋で、土地持ちの名主ではないが、大家株を所持して、店裏にある二十軒ほどの長屋を差配していた。馬琴が養子に入ってから履物屋はやめてしまったが、この家は大家株ごと馬琴の長女夫婦が継いでいた。

いまの住まいは、神田明神の石坂を下った同朋町で、旗本の屋敷地内にある借地に建っていた。家はさる藩医が建てたそうだが、途中で手許不如意となり完成には至らなかった。馬琴が修繕や増築をしているのはそのためだ。

「あれほどの家に嫁げるとは、お鉄は幸せ者だ」

父は太鼓判を押したが、お鉄は両親ほどには楽観できなかった。

すでに嫌な予感はあったのだが、あえて目を背け、見て見ぬふりをした。天下に名高い曲亭馬琴の家に嫁ぐ――。その誘惑に、抗えなかったからだ。

「あたしもやっぱり、土岐村の血をひいているのね。我ながら、なんて俗なことを……」

お路と名を改めてから、何度も同じため息をついた。

両親の思惑と、馬琴の短気が絶妙に絡み合い、そこから先は矢のような速さで進んだ。

その日から四日後に結納、結納から五日後に祝言となり、三月二十七日、晴れてお鉄は滝沢路となった。見合いから勘定すると、半月にも満たない迅速さだ。

そして半月も経ずに嫁いだことを、心の底からお路は後悔した。

「で？　諍いの種は、お姑さん？　それとも馬琴先生？　……その顔は、もしかして夫婦喧嘩？　旦那さまと派手にやり合ったの？」

お静に見事に言い当てられて、不機嫌にうなずいた。

「なんだ、そうなの。でも、気にすることないわよ、夫婦は喧嘩して一人前だもの」

姉はおっとりと笑ったが、もとより喧嘩ができる相手なら苦労はしない。

「事の起こりは、鰺の干物なの」

怪訝な表情の姉に、今朝の顛末を語った。

お路は毎朝、朝餉の仕度のために、夫より半時ほど早く起きる。今朝も女中のおたかとともに台所にいたが、そこに姑のお百が顔を出した。

「鎮五郎の具合が悪いんだよ。朝餉は要らないというからさ、昼はそうだね、粥を炊いてやっておくれ」

馬琴は家の中でも固持するように、息子を宗伯と呼ぶのだが、母のお百は昔のまま鎮五郎で通していた。お路は夫の注文で、診療所の中では宗伯先生、奥の間では旦那さまと呼んでいた。

「具合が悪いとは、どのような？」

「どうやら、夏中りのようだね。だいたいお路、同じ部屋にいて、どうしておまえが気づかないのさ」

床を出たときは、夫はまだ眠っていた。気づきようがなかろうと反論したいところだが、ぐっと堪えた。この姑に口応えをすれば、十倍にもなって返ってくる。大げさでも何でもなく、いったん火がついたら止まらない。のぼせやすく、些細なことでいちいち騒ぎ立てる。自身が家つき娘なだけに、性質もいたって我儘だ。

この三月半のうちに、お路も学んだ。すみません、と頭を下げて、お百をやり過ごす。

炊き立ての飯に、味噌汁は豆腐と油揚げ。ささげの浸しに、茄子の漬物。朝餉の仕度はほぼ整って、後は干物を炙るだけだ。

「おたか、外の七輪で、干物を炙ってもらえる？」

「旦那さまの分を除いて、二枚ですね？」

「そうね……いいえ、三枚とも焼いてちょうだい。この暑さだと日持ちはしないだろうし、おたか、おまえがお食べなさい」

滝沢の家では、使用人の膳に魚が載ることなどまずない。おたかの顔が嬉しそうにほころび、ぺこりと頭を下げる。たかが干物一枚、それで女中の気が晴れるなら安いものだ。

というのも、この家では女中の居着きが悪く、お路が嫁いでからすでに三人目を数える。二人目など、わずか一日で逃げ出した。おたかはここに来て、まだひと月も経ていないが、素直な働き者だ。続いてほしいと願っていたが、この家での女中奉公は、あまりに難が多過ぎる。嫁であるお路は、誰よりもよくわかっていた。

鰺一枚でおたかを繋ぎ止められるなら、お路には御の字だ。それが後になって、とんでもない結果を生もうとは思いもしなかった。

宗伯は午前中ずっと床に就き、昼になって起きてきた。

「お加減、いかがですか？」

「ああ、だいぶましになったよ」

と言いながら、顔色はまだ青白い。宗伯は生まれつきからだが弱く、夏には夏中りをくり返し、冬にはたびたび風邪をひく。春には気鬱、秋には頭痛と、年がら年中、病を纏っているようなありさまだった。仕えている松前志摩守からの呼び出しに応じられぬこともままあり、滝沢家にしつらえた診療所さえ、閉じている日の方が多いくらいだ。

「昼は素麺ですが、召し上がりますか？　粥も炊いてありますが」

お路は座敷に、一家四人の昼餉の膳を整えていた。夫が膳の模様を一瞥する。素麺に冷奴を添えただけの簡素な膳だった。

「朝餉を抜いたから、腹がすいた。飯と干物が食いたい」

「いただきものの川鰈がありますから、焼きましょうか？」

「いや、鰈より鰺がいい。朝の膳にあったろう？　それを焼いてくれ」

宗伯は、どんなに具合が悪くとも、朝の挨拶だけは欠かさない。一家が朝餉の膳についたとき、挨拶に訪れた。その折に、干物の姿を見たようだ。

「すみません、あれはもう……」

すでに女中の胃の中だとは言えず、どぎまぎしながら言葉をにごした。

「ない、だと？」

ふり向いた夫の目が、底光りしていた。まずい、と感じたときには遅かった。

「この陽気では日持ちもしませんし、傷んでしまってはまずいかと……すぐに鰈を焼きますから」

「おれは鰈じゃなく、鯵が食べたいんだ！」

派手な音とともに、白い物が四方にとび散った。宗伯が、冷奴の鉢を柱にたたきつけたのだ。一寸ほども、総身が締まる思いがする。身を固くして息を呑んだ。仁王立ちする男の姿を、茫然とながめる。

日頃はひ弱で大人しく、荒い真似など決してしない。そんな人間のどこに、こうまで恐ろしい鬼が棲んでいるのか。今日のように、何かのきっかけで目を覚ますときもあれば、何ら理由が見当たらないこともある。どちらにせよ、いったん怒り狂うと誰も止められない。恐ろしいまでの癇癖だった。

上せやすいお百の血を継いだのだろうが、男の身には十倍の猛々しさとなって表れる。鎮五郎という名は、皮肉としか言いようがない。

「おまえはいつも、そうやっておれをないがしろにして……おれはこの家の主人なんだぞ！　おれがこの滝沢家の、家長なんだ！」

理由が何であれ、いつも同じ台詞に行き着く。こうもくり返し訴えるのは、中身が空疎であるからだ。滝沢家の実の家長は、宗伯ではない。立場だけは主人でも、この家の大黒柱は他にいる。二百年物の欅のように、折れず倒れず堂々と家の中心に屹立する。

初めのうちは、別人のようにがらりと変わるさまが、ただ恐ろしかった。けれど最近では、夫の喚き声が妙に悲しくきこえる。

平素はただただ生真面目で、面白みには欠けるが性質は大人しい。医師としても腕は世間並ながら、兄が評したとおり患者には誠意をもって接する。評判も悪くないのだが、生来の病弱故に診療を休みがちで、満足な収入は得られない。

自身の情けなさを日々溜め込んで、抱えきれずにたびたび暴発する。

思えば、可哀想な人だ。すぐ身近に、あまりに立派な大木がそびえているために、どんなに努めても添え木にしかなれない。それどころか、すでに古木となってなお、その柱は年々高く太くなってゆく。首が痛くなるほど毎日毎日仰いでも、根本に立つ宗伯からは、天辺すら見えない。

世に敬われ、人気を博し、江戸はもちろん遠国にまでその名を馳せている。

そんな父親をもつ息子は、自身の存在をどう示せばよいのか。

可哀想に――。妻の憐れみは、罵倒よりも痛かったのか、夫はいっそう逆上した。

「何だ、その目は！　そんな目でおれを見るな！　見るなあっ！」

素麺の大鉢を、右手がむんずと摑んだ。その手がお路に向かってふり上がる。思わず身を縮こませ、目をつむった。

「やめんか、宗伯！」

座敷に大きな影がとび込んできて、夫の右手をがっしりと摑んだ。はずみで鉢が落ち、辛うじて割れることなく、水と素麺がべしゃりと畳を汚す。

「宗伯、落ち着け！　ひとまず座りなさい！」

「放せ！　放せ放せ放せえっ！」

ひたすら暴れるが、相手が六尺近い大男では太刀打ちできない。この体格差もまた、劣等感を強めているのか。押し潰されるようにして、夫が膝をつく。

「お路、いつもの薬湯を煎じてきなさい」

「は、はい……」

　座敷を出しな、もう一度ふり返る。夫の背に被さるようにして、両腕を押さえている。怒りは呪詛のように口からこぼれ続けているが、いずれ泣き言に変わる。やがて自分をとり戻すと、泣きながら詫びをくり返す。いつもいつも、顛末は同じだった。父と子の姿をながめて、ふと思った。日常ではなく、まるで芝居のようだ。

いかにも稀代の戯作者らしいと、世人は言うだろうか。

「あ、あたしが鰺を食べちまったから、旦那さまがお怒りになって……」

　廊下に出て、初めて気づいた。襖の陰で、姑と女中が固唾を呑んで成り行きを見守っていた。

　息子の醜態を見慣れているはずのお百ですら、足がすくんで動けなかったのだ。初めて目にしたおたかが、動顛するのも無理はない。

「すみません、あたし、今日限りでお暇をいただきます」

　真っ青になって震えている女中を、引き止めることなどできなかった。

　お百は我儘な気分屋で、馬琴は厳しく容赦がない。さらには憑き物じみた宗伯の癇癪をまのあたりにしては、誰だって怖気づく。

「ごめんなさい、ご新造さん、あたし、もう行きます。暗くなる前に、市ヶ谷に着かないと」

「従姉がいて、二、三日なら泊めてくれると思います」

「そう……それなら今日までの給銀を、そこに届けるわ。従姉の住まいを教えてくれる？」

連れ戻されることを恐れてか、おたかは少し渋ったが、その心配はないとお路は説いた。馬琴と宗伯は、ともに過ぎるほどに几帳面で、女中の給銀は日割りできっちり精算する。さすがに一日で逃げ出した娘には、届けようもなかったが、給銀を誤魔化そうとする性悪な心根は微塵もなかった。

「市ヶ谷には、神田川沿いを行くのでしょ？　そこまで送るわ」

宗伯があの有様では、暇の挨拶すらできない。風呂敷にまとめた荷物を抱えた女中とともに、家を出た。おたかを昌平橋のたもとで見送って、しばらくその場を動けなかった。

女中が三人も辞めたあの家に、どうして戻らねばならないのか――。

こたえは、とうにわかっていた。あの芝居じみた家こそが、いまのお路にとっては唯一の家だからだ。

それでも足は、帰ることを拒む。この川を渡れば土岐村の家だと、お路をそそのかす。

祝言の二日後、里開きの風習に則り、滝沢家の一家四人でこの橋を渡った。夫方の家族が、嫁の実家に挨拶に出向くのが里開きである。以来、ほとんど毎日のように神田川を渡って実家に走りたい衝動に駆られたが、お路は耐えてきた。

ちょうど弓につがえられた、矢のようだった。ぎりぎりまで引き絞られても堪えていたが、その矢が遂に放たれたのだ。おたかが難なく橋を越えるさまをながめて、矢は前にとび出してしまった。そのまま実家に逃げることをせず、いったん婚家に戻って挨拶したのは、決心が鈍るより前に、一切の片をつけようと決めたからだ。

挨拶というより、離縁の宣言に等しいが、唖然とした表情を拝めただけでも爽快だった。少ない荷物をまとめて滝沢の家を出て、昌平橋を勇んで越えた。

いまは閏六月だが、しんねりと淀んだ滝沢家の空気は、晩夏のせいばかりではない。息が詰まりそうな思いは、お路ばかりでなく、お百や宗伯も同じだろう。お百はそれを小出しに、宗伯は極限まで我慢して、今日のようにぶちまける。

姑や夫は、気づいているのだろうか？　あの重苦しい空気を醸しているのは、ほかならぬ馬琴であることに——。

「お姑さんが癇性だとはきいていたけれど、当の旦那までとは。ふたりも癇癪持ちがいたら、さすがに手にあまるわね。今朝の顚末だって、下手をしたらお鉄が傷を負っていたかもしれないわ。でも、いっそそうなっていたら、離縁の口実になったわね」

滝沢家で起きた騒動も、お静の口を通すと深刻さが感じられない。お路もまた、よよと泣き崩れて切々と訴えたわけではない。一種の見栄のようなものがお路を支え、腹立ちまぎれに姉に明かしても、底にはぽっちりの笑いが含まれている。

「離縁となれば、父さんや母さんに言わないわけにもいかないし。今日はここに泊まって、明日、築地にお行きなさいな。もちろん、あたしも一緒に行くわ」

「ええ、そうさせてもらうわ」

「どうせなら験直しに、皆でお寺参りでもしましょうよ。帰りは料理屋に寄って……日帰りなら、うちの亭主もとやこう言わないし」

妹を口実に、お静は遊びの算段を立てる始末だ。しかしそれこそが、土岐村家の家風だった。日々の諍いも小さな不満も、笑いと遊びに紛らす癖が根付いている。

以前はその軽々しさを冷めた目でながめていたが、他者に当たりちらすよりはよほどましだ。いわば生きる上での智慧でもあったのかと、遅まきながら気づかされた。

「それにしても、その形はひどいわね。地味が過ぎて年寄りみたいじゃない」

姉に言われて、くすんだ煤竹色の着物に目を落とす。明るい色は軽々しいと、馬琴や宗伯は好まなかった。

「明日はあたしの着物を貸してあげるわ。若竹色の小紋か、涼やかな千草色もいいわね」

若竹の薄い緑や、千草と呼ばれる鮮やかな青が、ぱっと頭に広がって、それだけで気持ちが浮き立った。家の外まで見送ることにして、姉と一緒に外に出た。

「それじゃあね、お鉄。明日、楽しみにしているわ」

行こうとするお静を引き止めて、お路はあることをたずねた。

「ええ、腕もいいし、家もわかるけれど……お鉄、あんたもしかして……」

戸惑い顔の姉を、黙って見詰め返す。それだけで姉は察してくれた。

「隣町に、腕のいい人がいるわ。早い方がいいわね、これから行ってみる？」

「ええ、そうするわ。場所を教えてもらえる？」

「水くさいわね。あたしも一緒に行くわ」

背中から、夕日が追いかけてくる。長い影を踏みながら、姉妹は並んで通りを歩いた。

翌日、お静は約束どおり着物を抱えて訪ねてきて、当人そっちのけでじっくりと吟味を重ねたあげく、千草色の着物に白鼠(しろねずみ)の帯を合わせた。

「さあ、できた。これでようやく歳相応になったわね」

満足そうに、着付けを終えた妹をながめる。

「ただね、築地に行くのはとりやめにしたわ。肝心の父さんと母さんは、神奈川に物見遊山に行ってるそうなの」

お静は昨日のうちに、今日訪ねる旨を書いた文を、店の小僧に届けさせた。しかし築地の家には女中しかおらず、主人夫婦は留守だと告げられたという。

いかにも、あの夫婦らしい。ある意味、予想の範疇(はんちゅう)だが、離縁という気詰まりな話を先延ばしにできて、どこかでほっとしていた。

「だからね、今日は花見にしたわ。浜町(はまちょう)にあるお大名の下屋敷で、芙蓉(ふよう)や木槿(むくげ)が見頃なのですって」

江戸の風物にかけては、姉は玄人だ。今日ばかりは任せることにして、姉妹は駕籠で浜町に向かった。大名の下屋敷は、いわば庭を愛でるためのもので、花の盛りには庶民にも開放される。姉が推しただけあって、花々は見事だった。

「兄さんたちも、誘えばよかったわね」

「あの夫婦が一緒じゃ、花見はともかく、茶店に寄ることすら渋られるわ。みみっちいことこの上ないのだから」

金銭にかけては、両親の血をそのまま受け継いでいるお静は、眉間にしわを寄せた。

芙蓉は蓮によく似た花で、水芙蓉といえば蓮のことだ。朝顔のように朝咲いて、夕方にはしぼむ一日花だが、この屋敷にはめずらしい酔芙蓉もあった。酔芙蓉は、朝開いたときには花弁が白く、時が経つにつれて薄紅色に変わるという。

ためしに最初に見にいって、一時ほど庭を散策してから帰りにまた見にいった。

「不思議ね……わずかだけど、本当に桃色がさしているわ。さっきは真っ白だったのに」

「でしょう? 夕刻になるとね、この白い花弁がすべて薄紅色に染まるのよ」

白い花弁の先に、筆でうっすらと桃色をさしたような趣きだが、日暮れには紅の蓮さながらの色になるという。色変わりを酒に酔った顔にたとえて、酔芙蓉との名がついた。

「さ、あたしたちも、花に負けず酔っ払いに行きましょ」

大名屋敷の庭を出て、そこからほど近い、堀沿いの料理屋に歩いて向かった。

お静が見繕っただけに、膳の景色は申し分ない。酒も上物であったが、お路はほどほどにして、むしろ酒よりも笑いに、存分に酔った。中身がなく下らない女同士のおしゃべりは、くさくさした気持ちを軽やかに吹きとばす。

息が上がるほどに笑い疲れて、塗師町の兄の家へと帰った。早々に兄が顔を出す。

「宗伯殿が、迎えにきているぞ」

吹き払ったはずの憂さが、またぞろ込み上げてくるようで、自ずと顔をしかめた。

「いまはまだ、会いたくありません」

「どうするかはおまえしだいだが……ひとまず話だけでもきいてあげなさい」

兄に諭されて、仕方なく客間へと赴いた。八畳の客間の上座に、ぽつんと座る姿は、いつも以上に頼りなく不安気だった。

お路をふり向くと、夫の両目がはっと広がる。いつもとは違う身なりに驚いたようだが、何も言わず視線をそらせた。お路もまた無言のまま、正面を避けて夫のはす向かいに腰を下ろす。お路は口を利くのも億劫(おっくう)で、宗伯も切り出し方がわからないのか、沈黙だけが客間を満たす。夫婦の無言の諍いを見かねたのか、蜩(ひぐらし)がカナカナカナカナと伴奏を始めた。

「すまなかった……」

え、と意外な思いで顔を上げた。夫の癇癪は、これまでに四、五回はあったろうか。毎度、落ち着くと、馬琴に平謝りするのが慣いだが、お百やお路には、一度たりとも詫びたことはなかった。

「昨日のことは、私が悪かった……あやまるから、うちへ戻ってくれないか」

色白の頬が、時折ひくりと痙攣（けいれん）する。表情に裏打ちされているのは、強い不安だった。

それほどまでに、女房の家出が応えたのか？　いや、違う——。

家出を不快に感じても、こうまで不安に苛（さいな）まれはしまい。では、不安の正体は何だろう？　夫をこれほど動揺させ、影響をおよぼすのは、この世でたったひとりだけだ。

「お舅さんに、何かありましたか？」

あからさまに、びくっと肩が震えた。震える口許を手で覆い、くぐもった声が告げる。

「父さんが、倒れたんだ……」

「まさか……卒中ですか？」

「いや、腹痛だ。だが、ただの腹下しではない……ひどい苦しみようで、あの我慢強い父が、悶え呻くほどで……」

「旦那さまのお診察は？」

「朝餉の後であったから、食中りとも思えたが……私と母も同じ物を食べて何ともなかった。夏中りにしては病のさまが激し過ぎる。ひとまず胃散などを与えたが、効き目はなく……」

宗伯の目に、涙がにじんだ。まるで置き去りにされた子供のようだ。

宗伯は父を、心の底から尊敬している。人生の師であり道標であり、父の望みどおりの息子たることが、宗伯の唯一の願いだ。

傍から見れば妄信を感じさせるほどで、親子の間柄としては歪に映る。

それでも宗伯が父を、馬琴が息子を思う真心だけは、疑う余地がない。

「頼む、お路、家に戻ってくれ。女中もおらず、私と母さんだけでは心許ない」

「つまり、お舅さんのために、迎えにきたと？」

「そうだ」

正直も時には罪だ。嘘でもいいから、妻が必要だ、おまえが大事だと、耳に心地よい言葉を女は求める。女中がおらず、家事と看病の手が足りないとは、人を馬鹿にしている。

「あたしは、お舅さんとあなたの、そういうところが嫌いです」

この四月近く、溜めに溜め込んできた。爆発させたいのは、夫ばかりではない。物思いの塊が、勝手にほどけて口からとび出す。

「女をあまりに軽んじている。そういうところが、本気で腹立たしい。いったいどこが劣っているというの？　医者ではないから？　戯作者ではないから？　それとも、出自が町人だから？」

昨日とは立場が逆転し、妻が夫にまくし立てる。

「ええ、ええ、お舅さんは武家の生まれで、あなたも出入医として武家の身分に就いたものね。存分に自慢すればいい。でもね、あたしは身分なぞどうでもいい。町人には町人の誇りがあるもの。それと同じに、女に生まれてよかったと、心から思える。子供ができたいまとなっては、なおさら……」

「子供、だと？　お路、おまえ……」

思ってもいなかった場所から、礫（つぶて）を投げつけられた。宗伯がそんな表情で、ぽかんとする。

「ええ、子供ができました。昨日、隣町の産婆を訪ねて、間違いないと言われました」

月のものの遅れや、からだのわずかな変調で、少し前から気づいていた。昨日、姉の三人の子供をとり上げた産婆に見立ててもらい、ふた月から三月の頃合だと告げられた。

実家に戻ったのは衝動だが、おそらくはそれも理由のひとつだ。あの家で子供を産みたくない、子供を育てるにはそぐわないと警鐘が鳴ったのだ。

けれど、この子の父親は、目の前にいる夫だ。

いまの世の封建主義を頑なに信じ、女をその蚊帳の外に押し出そうとする。馬琴の信念を、そっくりそのまま妄信する情けない男だ。情けない男が、口を開いた。

「そうか、子供か……私たちに子ができたのか。産み月はいつになるのだ？　待ち遠しいな。やはり男子が欲しいが、最初は女子の方がよいともいうからな」

先刻までの不安が剝がれ落ち、あたりまえのように妻ににじり寄る。

少なくとも妻の懐妊を喜び、子供の誕生を心待ちにするのなら、父親としては及第か。

何のふくらみもない妻の腹に、そっと手を伸ばし、お路も身を引くことをしなかった。

「初めての内孫であるからな、父上もさぞかし喜んでくれよう。病の快癒には、なによりの朗報だ」

「また、お舅さんですか」

ぼやきが口をついたが、言うだけ言って気が済んだのか、意固地な思いは消えていた。

子は鎹というが、腹の中からお路の気をなだめてくれたのかもしれない。それでもひとつだけ、念を入れた。

「これまで言いたいことは我慢してきましたが、今後は文句があればはっきりと口にします。それでも良いというなら、滝沢の家に帰ります」

宗伯にとっては、甚だ面白くない条件であるようだ。顔をしかめたものの、

「わかった。それでいい」

不承不承ながら承知を告げた。

「あらまあ、仲直りしたのね。良かったこと」

義姉は安堵を満面にしたが、兄にはしっかりと釘をさされた。

「子もできたのだから、無闇に家出なぞするなよ」

「兄さんに言われても……兄さんこそ、父さんとの諍いは控えてね」

妹にやり込められて、元祐が苦笑する。親子の相性にもさまざまあって、嚙み合わず離れていく間柄もあれば、歪に見えようとも強く結びついた関わりもあるのだろう。

前を歩く夫の背中をながめながら、そんなことを考えた。

「いいか、まずは父上に、ようくお詫びをするのだぞ。生意気な口はひとまず慎めよ」

首尾よく妻を連れ帰ることができて気を抜いたのか、宗伯がいつもの文句を口にする。

内心でため息をつき、ふと横を向く。どこぞの家の戸口脇に置かれた、朝顔の鉢植えが目に入った。日没を控えて、花はしょんぼりと萎れている。

お路の小さな叛乱も、たった一日で終わりを告げた。自身の姿にも重なったが、いいえ、とお路は顔を上げた。

わずか一日で、見事に変化を遂げる花もある――あの酔芙蓉のように。

たとえ萎れても、あの花々は本望に違いない。お路もまた、勝手を通したことに後悔はなく、誇らしさすら感じていた。

「きいているのか、お路」

「はい、さっきから同じことをくどくどと。もう お腹(なか)いっぱいです」

苦々しい夫の顔がちらりと妻をふり返ったが、それきり口を閉ざした。

夫婦の無言を埋めてくれていた蜩の声は、神田川を越えると急に遠のいた。

二　日傘喧嘩

うわわん、と奥から子供の泣き声があがる。

長女のお次のようだ。泣き声の合間に、長男の文句も届く。

ひとっ走りしてなだめたいところだが、いつもの兄妹喧嘩なら大事はなかろう。つい億劫が先に立ち、そのまま女中のしこみを続けた。

「いい？　おむら、味醂と醤油は鎌倉河岸の豊島屋と、この家では決めているのよ。他所では決して買わないように、気をつけてね」

お路に説き諭されて、おむらはぶっすりとしたふくれっ面を返す。

今日、おむらが近所で買ってきた味醂のために、ひと悶着起きた。おむらは以前にもこの界隈で奉公していたことがあり、味がよく値も手頃な店を知っていた。使いの途中で味醂が切れていたことを思い出し、気を利かせたつもりなのだろう。すぐに返して来いとお路に言われても、納得がいかないようだ。

「味醂に限らず、この家ではすべての買物店が決まっているの。味噌は品川の大角屋、強飯や餅は飯田町の中村屋、砂糖・薬種は同じく飯田町の小松屋、紙はやはり飯田町の中屋というふうにね」

「どうしてわざわざ、神田明神下から品川だの飯田町だのに行かねばならないのかわかりません。買物なら、近所にいくらでも良い店があるってのに」

まったくだ、と女中の言い分に、心の内で相槌を打つ。買物店を厳格に決めているのは、馬琴である。味醂や醬油、味噌については味を気に入ってとの理由だから、まだわかる。馬琴と息子の宗伯は無類の甘党であり、調味料も甘口を好むのだ。あいにくとお路は辛党であり、煮物にも和え物にも、たっぷりを通り越しごっそりと味醂や砂糖を投入する滝沢家の味には、未だに慣れない。己の舌には合わぬ食事をせっせと拵え、たかが買物にわざわざ遠くまで足を運ばねばならないお路にしてみれば、おむらの言い分はもっともだとうなずきそうになる。

だが、女中の不手際を馬琴が知れば、一波乱起きることは目に見えている。この家の家計の一切を牛耳っているのは馬琴であり、味醂ひと瓶ですら見逃さない。数文の出費に至るまで、いちいち帳面に書きつける周到さだ。

事が露見する前になかったことにするのが最善の策だが、強情な性質のおむらは、なかなか首を縦にふらない。知った店だけに、決まりの悪さもあるようだ。

「いいわ、あたしが返しにいくから、夕飯の仕度をお願い」

「ご新造さんが、行かれるんですか？」

身重の女主人に託すのは、さすがに気が引けたのか、ふくらみが目立ってきた腹に目を落とす。お腹の子供は五月半になったが、三人目ともなれば慣れたものだ。出産までにはまだ間があるし、これも己の役目とお路はわきまえていた。

万事に細かい馬琴は、端銀の勘定が合わぬとか、収めた品が多い少ないで逐一騒ぎ立てる。悶着が起きるたびに、相手との交渉の矢面に立たされるのは、常にお路だった。

血が上りやすいお百や宗伯では、騒動がよけいに大きくなるだけであり、当の馬琴はといえば、相手に面と向かっては何も言えない、非常に気の小さい人であった。

あれほどからだが大きく、絶えず方々への不満を口にするくせに、こと対人に関しては、まったく度胸に欠ける。戯作者仲間とのいざこざや不義理が世間に吹聴されて、頑固者だの薄情だのと噂される馬琴だが、すべては単なる人見知りに過ぎない。

もとより大らかに欠け、些細なことも四角四面に始末をつけなければ納得しない。その一方で繊細で傷つきやすく、自らは人と争うことを厭う。甚だ面倒極まりないが、そういう性質なのだと、お路も嫁いで五年のあいだにようやく呑み込めてきた。

買物店を変えようとしないのも、出入りの店にやたらと飯田町が多いのも、やはりこの人見知りのためだ。以前、馬琴一家が住んでいたのは、いまは長女夫婦が暮らす飯田町の家だ。

新たな店と一から値や品の交渉をするのは、馬琴にとっては重労働で、さりとて人任せにもできず、万事をきっちりと目配りしたい性分だ。これらを差し引きすると、店を変えぬのが何よりだとの考えに落ち着く。お路は舅の胸の内を、そのように斟酌していた。

おかげでこの家に来てからは、ご近所とのいざこざも出入店との面倒も、果ては肥汲みの農夫との諍いまで、すべてお路が交渉事を引き受けてきた。いまさら味醂を返しにいくことなど朝飯前だ。

気軽に腰を上げたが、裏口から出ようとしたとき背中から声がかかった。

「ちょいと、いつまで子供を泣かしておくのさ。お次が可哀想じゃないか」

姑のお百が、台所に顔を出した。そう思うなら自分で孫をあやしてほしいところだが、お百も今日は調子が悪そうだ。具合がよければ太郎やお次の相手もするが、お百は脚気を患っている。ひと頃よりはましになったようだが、いまでも時折、手足のしびれを訴える。年が明ければ七十を迎える老母に、無理をさせるわけにもいくまい。

先に子供たちをなだめることにしたが、お百のよけいなひと言で、小さな諍いが起きた。

「それと、おすが、あたしの座敷を掃除してくれるよう頼んだろ。とっとと済ませておくれな」

「あたしはおすがじゃなく、おむらです。ここに来て三月も経つんだから、いいかげん、覚えてくださいましな」

「どっちだっていいじゃないか！　口ばかり達者で仕事はさっぱりじゃ、雇うこっちはたまらないよ！　いますぐ雇い止めにしてやっても、構わないんだからね！」

上せやすいお百と生意気なおむらは、ことのほか相性が悪いのだが、また女中に辞められて困るのはお路だ。言うだけ言ってお百が憤然と立ち去ると、女中を懸命になだめた。

「ご新造さん、あんまりです。あたしがここに来て三月も経つってのに、未だにおすがとかおかねとか好きに呼ばれて、返事をしないとあたしが怒られるんですよ！」

この訴えばかりは、おむらに軍配が上がる。あまりに女中の居着きが悪いために、名をとっかえひっかえ顔ぶれが変わる。毎日、台所で顔をつき合わせるお路以外は、名を覚える暇もなく、馬琴や宗伯ですらたびたび呼び間違う始末で、お百に至っては端から覚える気すらなさそうだ。

女中を慰めてから、子供たちのもとに向かったが、この分ではまた口入屋に足を運ぶ羽目になりそうだ。つい廊下でため息をついた。

「太郎、妹を泣かせるんじゃありません。まだ小さいのですから」

娘の泣き声を辿っていくと、北に向いた居間の縁側に、太郎とお次がいた。

「お次が悪いんだい。おいらの独楽を食べてしまうから」

よだれでべとべとの独楽を、太郎が情けなさそうに母に見せる。

太郎は五歳になった。お次は三歳、何でも口に入れたがる年頃で、小さな玩具なら危なかったが、幸い太郎の独楽は子供の手の平ほどもある。

ほっとした拍子に、笑いがこみ上げた。

「今度は食べられないよう、気をおつけなさい」

お次が母にまとわりついて乳をねだる。胸をくつろげると、太郎がうらやましげに指をくわえた。

「太郎もおっぱいが飲みたいの？」

未練たらたらな目で眺めながらも、飲みたかないやい、と意地を張る。

お路は乳の出がよく、乳母をつける必要もなかった。母乳は子供にとって何よりとされ、数え六、七歳まで乳離れしない子供もめずらしくない。しかし武家たる滝沢家では、男子たるもの、いつまでも母に甘えていてはよろしくないとの馬琴の方針で、今年から太郎には乳断ちをさせた。太郎は未だに母のおっぱいが恋しい素振りを見せるが、祖父の訓戒を辛うじて守っている。

太郎のわかりやすい素振りも、腕の中で無心に乳を吸うお次も、お路には可愛(かわい)くてならない。この子たちがいるからこそ、お路は辛うじてこの家に踏みとどまっていられるのだ。

ことわざどおり、子は夫婦の縁を繋(つな)ぎとめるための鎹(かすがい)になるが、残念ながら夫との仲は、悪化の一途を辿っていた。

夫の言い分では、喧嘩の因(もと)は、お路の口ごたえにある。

たしかにあれ以来、お路はただ黙って、夫にかしずくことをしなくなった。太郎を身籠った頃、勝手に里帰りをしたが、馬琴が倒れたことで、お路は否応(いやおう)なく婚家に戻された。

夏負けと食中(しょくあた)りだったようで、嫁の看病で馬琴はやがて回復した。

その翌年、生まれた太郎のためには、滝沢家に留まったことは間違いではなかった。男子であったこともあり、舅姑も夫もこの上ない喜びようで、お七夜の祝いもしわい舅にしてはめずらしく、多くの客を招いての賑々しい宴となった。

二年後にはお次も生まれ、長男のときよりは控えめながらも、やはり祝いが催された。

そしていま、お路の腹には、三人目の子供がいる。

「ねえ、お母さん、次は男の子を生んでおくれよ。おいら、弟がほしいんだ」

「生まれるまで、わからないと言ったでしょ。妹かもしれないわ」

「ちぇっ、まあた妹か。妹には、飽き飽きしちまった」

口では生を言うが案外面倒見がよく、妹に絶えず張りついている。ただ、大好きな母を妹に取られたようで、少し心許ないのだろう。

「おいで、太郎」

左腕を広げて招くと、素直に母に抱きとられる。右腕には、乳を呑んで満足した娘がくうくうと寝息を立てていた。こうして母でいられるときだけが、お路の気持ちを満たしてくれる。ただそういう時間は、そう長くない。

「ごめんくださいまし」

玄関から訪(おとな)いの声がしたが、女中が応じるようすはない。さっきのことで機嫌を損ねて、台所に籠っているのかもしれない。おむらには、そういう子供っぽいところがある。

「ごめんね、太郎、お客さまだから、ちょっと出てくるね」

下唇を突き出し、恨めし気に母を仰ぎながらも、太郎は黙って母の腕をほどいた。

玄関に立っていたのは、見慣れぬ中年女だった。身なりは小綺麗(こぎれい)で、おそらくはどこぞの御殿女中であろう。

「私は、――家の腰元で――と申します。当家の奥方さまが、八犬伝をたいそう贔屓(ひいき)になされて、ぜひ馬琴先生に御目文字(おめもじ)したいと」

お路には、これもいつものことだ。八犬伝の人気はたいそうなもので、作者にひと目会いたいと、この家を訪ねてくる者は多かった。一々かかずらわっては執筆の暇を削られるばかりだと、馬琴は一切応じようとしない。

「相済みません、先生はお忙しくて、誰ともお会いになりません」

「当代一の人気戯作者ですからね、もちろんわかっておりますとも。ですが、そこを曲げてお頼みしているのです。——家の、奥方さまのご所望なのですよ」

腰が低いふりで、明らかに見高だ。こういう手合いは骨が折れるものの、気が咎めることもない。中にははるばる遠国から来る者もいて、断るお路としても気の毒でならない。せめて玄関に顔を見せるだけでもと、取り次いだこともあるのだが、馬琴は頑として会おうとしない。暇云々というより、もともと徹頭徹尾の人嫌いなのだ。

「わざわざお運びいただいて恐縮ですが、奥方さまには何卒そのように」

型通りの文句をくり返し、どうにか諦めてもらったが、

「——家の招きに応じないとは、一介の戯作者風情がたいそうな驕りようですね」

奥女中は、律儀に捨て台詞を残して去った。驕りと言われれば、そのとおりかもしれない。馬琴の贔屓には、大名や数千石の旗本もいるのだが、権力に易々と屈することを馬琴はよしとしない。町人を見くびっておきながら、上へのへつらいもまた厭うのは、何ともつり合いが悪いようにも思えるのだが、偏屈なまでの意固地の通しようは馬琴らしいとも言える。

唯一の例外は、松前家の前藩主、美作守道広くらいか。

実父の元立から伝えきいた話では、万事に派手好みで横柄な人物と評判は芳しくない。いったいどこが馬琴と嚙み合ったのか不思議でならないが、誰よりも熱心な八犬

伝の贔屓であることはたしかなようだ。

この美作守にだけは、馬琴もひととおりの礼を尽くす。夫の宗伯が、現藩主志摩守の出入り医師となったのは、先代美作守の口添えがあったからだ。

奥方の権威をかさに着る奥女中も、贔屓をぞんざいにあつかいながら、息子のためとはいえ美作守に取り入る馬琴も、同じ穴の貉と言えよう。

御殿医を務めるお路の実父もやはり同じだが、べんちゃらがあからさまな分、まだ父の方が可愛げがある。借り物に過ぎない武家身分にしがみつきながら、傲岸不遜を貫く馬琴や、そんな父親をひたすらに信奉する宗伯を、お路はどこかで侮っていた。

それがふとしたことで言動に表れて、夫の不興を買うのだろう。

とはいえ、毎日があまりに慌しくて、夫婦の不仲さえ構う暇がない。

「そうだ、味醂を返しにいかなくちゃ」

台所に戻ろうとしたが、すぐに次の客が現れた。今度は幸いにも、見慣れた顔だ。

「こんにちは、お路さん。おや、ちょっと見ぬ間に、少し大きくなったかい？」

柔和に目を細めて、お路の腹をながめる。飯田町に住まう、義兄の清右衛門だった。

馬琴の長女、お咲の夫である。

「いやですよ、お義兄さん、毎日会ってるってのに」

「たしかに、そうなんだがね。お路さんとは案外、顔を合わせる暇がないからねえ」

「お互いゆっくりと、腰を落ちつける暇もありませんからね」

お路がこの家の女中頭なら、清右衛門は下男頭といったところか。一日も欠かさず飯田町から通ってきて、塀や建具の修理から買い物に使い走り、果ては掃除に水汲みまでこなしている。清右衛門がいなければ、この家は一日たりとて回らない。それでいて清右衛門は愚痴ひとつこぼさず、かえってお路の身を気遣ってくれる。

女中の粗相を小声で打ち明けると、あたりまえのように面倒な役目を買って出た。

「味醂なら、あたしが返しにいくよ。今日は蒸すからね、からだに障るといけない」

思わず手を合わせたくなるほどに親切な好人物で、妻のお咲もまた控えめで優しい人だ。飯田町にだけは足を向けて寝られないと、お路は心の底から有難く感じていた。

しかしこの家の男どもは、これほど世話を受けているのに労い(ねぎら)の言葉ひとつ口にしない。清右衛門とふたりで台所に向かうと、宗伯に行き合った。

「清右衛門、遅いじゃないか！　今日は薬草を摘むようにと言っておいたはずだぞ。さっさと片付けろ。ついでに草むしりも頼むぞ」

挨拶すらなく、いきなり横柄に用を言いつける。お路の頭が、かっと熱くなった。

清右衛門は、義理とはいえ宗伯の兄である。呼びつけにするのも無礼だが、何より我慢がならないのはそのあつかいだ。使用人のごとくこき使い、感謝を示すどころか、下賤な者を見るような目で絶えず下に置く。宗伯がこうまで見高なのは、馬琴の真似をしているからだ。

馬琴と宗伯は武家であり、一方の清右衛門は町人身分。だから隷属するのはあたりまえだと、この親子は信じている。

戦国武将でもあるまいに、何という時代錯誤か。馬鹿馬鹿しいにも程がある。

「すみません、旦那さま。先に使いの用がありまして、そちらを済ませたら薬草園の手入れはすぐに」

義弟を旦那さまと呼び、唯々諾々と従う清右衛門が哀れでならない。当初はお路のこともご新造さまと呼んでいたが、こちらから強く乞うて改めてもらった。

「この家の当主は、わしなのだぞ。当主の命を先にこなすのが筋であろうが！」

宗伯は、梃子でも引かない。こうなると、駄々っ子ぶりは太郎といい勝負だ。日々の清右衛門への無礼は、お路自身への侮り以上に純粋に腹が立つ。五日に一度ほど、それが弾ける。

「半時遅れたからといって、薬草は逃げやしません。それとも、この家の薬草には、足が生えているとでもいうのですか？」

ぎっと宗伯がお路を睨みつけたが、怖くも何ともない。むしろ夫の小者ぶりを目の当たりにするようで、かえって白けた。

「そんなに薬草が大事なら、手ずからなさってはいかがです？　どうせ暇なご身分なのですから」

暇という言い草は、役立たずと同義だ。どれほど宗伯の胸を深く抉るか、お路はよくわかっている。それでも言わずにはおれなかった。

さあっと宗伯が青ざめて、握った両の拳がぶるぶると震える。癇癪を起こす前の兆候だ。察した清右衛門が、慌ててなだめにかかる。

「旦那さま！　薬草摘みは、ただいますぐに！　すぐにとりかかりますので」

また、やってしまった――。お路の仕返しで割を食うのは、結局は清右衛門だ。頭ではわかっているのだが、口応えを留める術がない。清右衛門にかこつけて、己の中に溜まった不満を発散させているだけかもしれない。

「こんな無礼は、我慢ならない。父上に申し上げて、きっちりと叱ってもらうからな。覚悟しておけ！」

やはり喧嘩の始末を、親にさせる子供と同じだ。癇癪を起こす以外は何もできず、妻の不遜を父に訴えるのが常だった。捨て台詞を残し、廊下を踏み鳴らしながら憤然と立ち去る。

「ごめんなさい、お義兄さん、あたしの軽はずみで……やっぱり味醂は、あたしが返してきます。出掛ければ、気晴らしにもなりますし」

「すまないね、お路さん。照りがきついから、日傘を差していくんだよ」

優しい言葉ひとつに、ほろりと来る。自分で思う以上に、参っているのかもしれない。

こういう心遣いが、ひとかけらでも夫にあれば――。

詮無い望みを抱えながら、日傘を手にした。

醤油屋での用事を済ませても、家に帰る気にはなれなかった。

ふと、五年前のことを思い出した。実家に帰ると宣言し、婚家を出たときだ。舅の病を口実に夫が迎えにきたとき、お路は言った。

――今後は文句があればはっきりと口にします。

あのとき宗伯はわかったと応じたが、実際に妻が訴える文句は、夫の気持ちをこの上なく逆撫(さかな)でする。お路とて、無闇やたらに不平をぶつけるわけではない。精一杯我慢して、先刻のように弾けてしまう折に限られる。けれど宗伯は、お路の辛さを一片たりとも理解せず、しようともせず、夫への侮蔑だと解釈し怒り狂うのが常だった。

「てめえの傘が、ぶつかってきたんだろうが！」

「何だと！　そっちの傘が、こっちに傾いたんじゃねえか！」

道の先で、怒鳴り合う男の声がした。いま時分は、男女を問わず日傘を使う。傘同士がぶつかって、喧嘩の種になったようだ。江戸っ子は短気な上に、互いに譲り合うことをしない。この手の諍いはめずらしくもないが、まるで自分たち夫婦のように見えてくる。

夫の理解が足りないとのお路の不満は、そっくり夫にも当てはまる。妻はどうして主人たる自分をないがしろにするのか、どうして苦しい胸の内をわかろうとしないのか。そんな思いであふれているのだろう。

これほど険悪な仲でありながら、子供ができるのが不思議なほどだ。

日傘の下で、お路はそっと腹に手を当てた。むろん、子供は可愛い。こうまで愛しく思える存在がこの世にあったのかと、日々感じ入るほどだ。と同時に、子供を授かってから、夫の存在は希薄になる一方だった。

「亭主は子供ほど、可愛くないものねえ。つい夢中になって、亭主は蚊帳の外。ことに男子を生むと、旦那なぞそっちのけになってしまうものよ」

太郎がお腹にいる頃、お静はからりとそんな話をした。当時はぴんとこなかったが、実際に太郎が生まれると、その予言は見事に当たった。

いつのまにか喧嘩騒ぎはやんでいたが、足は家路を辿ろうとしない。息苦しいほど家が立て込んだ町屋を抜けて、神田川に出た。物思いが溜まるたびに、このさして広くもない川へと流しに来るのが癖になっていた。

桂の木陰で、傘を外した。こんもりと繁った葉が緑の日傘を形作り、心地のいい風が吹く。どのくらい、ぼんやりと佇んでいただろうか。

「もしや、滝沢のご新造では？」

背後から声がかかった。ゆっくりとふり返る。

「渡辺さま……」

名は登というが、崋山という雅号の方が有名だろう。

渡辺崋山は画家であり、馬琴や宗伯のもっとも親しい友人のひとりだった。これから滝沢家を、訪ねるつもりでいたようだ。

「どうされた？　顔色があまりよくないようだが、日中りか？」

涼やかな声が、しきりにお路を気遣う。その目がふと、ふくらみはじめたお路の腹に落ちた。どうしてだか、とっさに両の手で腹を覆う。庇ったのではなく、相手の目に晒すのを恥じたのだ。その行為が勘違いを生んだのか、相手がいっそうの案じ顔になる。

「もしや、腹の子に何か障りが？　ならば、すぐに産婆を……いや、お宅に送り届けるのが先か。それがしが背負うてもよいが、かえって腹の障りになろうか？」

舅や夫のようなにわかではなく、生粋の武士だ。なのに、滑稽なまでに慌てふためいている。おかしくて、涙が出た。

「ややには、障りはありません……」

「ご新造……？」

どうにか告げたが、涙は止まらない。顔をそむけて、手の甲で頬を押さえた。喉が上下して、声にならない泣き声を受けとめる。

そのあいだ、となりに立つ男は無言だった。それが何よりも有難かった。

「すみません、身重のためか、いつになく気が昂っているようで……」

ようやく涙が止まり、袖で顔をふいた。

「ただでさえ、見苦しいなりなのに、とんだところをお見せして……」

「見苦しくなぞあるものか。その姿の女性ほど、美しいものはない――。絵師として常々、そう考えておりますよ」

「美しい……？」

「子を宿した女子は、完したひとつの世界です。完とは、何ひとつ不足がなく満ちていること。上辺のきれいより、よほど尊く美しい。さような美こそ、筆に留めるに値する」

熱心に語る瞳がまぶしくて、うっかり、ときめいてしまった。

女とは、実に単純なものだ。美しいとの言葉ひとつで、さっきまで地の底にまで落ち込んでいた気持ちが、こうもたやすく浮き上がる。

「できれば、いまのご新造の姿を描きたいほどだが」

「とんでもない！」

「まあ、そうであろうな。解先生や宗伯殿も、許してはくれぬだろうしな」

ははは、と笑い、あっさりと引き下がる。解とは馬琴の本名だ。

崋山は滝沢家とは、二十年来のつき合いになる。出会いは宗伯が通っていた画塾であり、そこに崋山が入門した。当時、崋山は十六歳、宗伯は四つ下の十二歳だったが、入門の順からすれば、一応、宗伯が兄弟子になる。

あいにくと宗伯は画才がなく、ほどなくやめてしまい、一方の崋山はめきめきと頭角を現した。二十代ですでに画家として名を馳せ、ことに肖像画には定評があった。

「品のある流麗な線でありながら、生き写しのごとくよう似ておる」

辛辣な馬琴ですら、崋山の画力には一目置いていた。友人の少ない宗伯だが、少し年上で大らかな同門とは親交を築き、馬琴もまた、若い友人として崋山を遇した。

崋山は三河国田原藩の上士の家に生まれたが、藩の窮乏や父の病のために、極貧の中で幼少期を過ごしたときいていた。画を志したのも苦しい家計を助けるためであり、また先を拓くために学問にも精進した。幕府が奨励する儒学のみならず蘭学にも秀で、唐の書物なども数多く読みこなす。

今年の初めから、馬琴は以前にもまして唐書に傾倒している。大量の唐本を買い求め、あるいは方々の知己を頼って借り受けては読みふけり書写している。崋山も快く蔵書を貸し与え、こんな本を見つけたと、自ら滝沢家へ携えてくる。そのためもあって最近は訪問が増えていたのだが、今月に入ってからはしばし途絶えていた。

理由は、崋山が藩内で昇進を遂げたからだ。

「渡辺さまは、ご家老に昇られたそうですね。たいしたものだと、舅や夫も褒めそやしておりました」

型通りの祝辞を述べたが、当人はさほど嬉しそうではない。

「できればこの先は、画業に打ち込みたかったのだが……人生というものは実にままならない」

苦笑する横顔に、見入っていた。馬琴なぞ我が事のように喜び、さっそく祝いの品を贈ったが、対して崋山は藩政に携わるより絵を描いていたいという。その気持ちは、お路にも実にしっくりくる。

「渡辺さま……」

どんな言葉をかけたらよいか、考えるより先に口が動いた。相手がふり返り目が合うと、またうっかりときめいてしまった。実を言えば、この男を前にすると、これまでにもしばしばやらかしていた。

それこそ読本（よみほん）でもあるまいに。道ならぬ恋やら大げさが過ぎる男女の顚末（てんまつ）など、現実では起こり得ない。こう見えてお路は、いたって現実に即した気性である。嫁入り前によく読んでいた草双紙も滑稽本が多く、小説は所詮、虚構に過ぎないと、無駄な夢想などまず描かないたちだった。

なのに崋山に対しては、お路の理性をないがしろにして、胸が勝手に高鳴る。

もしかすると、これが恋というものだろうか——？

なにせ恋なぞしたことがないから、さっぱりわからない。夫に対しては論外であり、つい目で追ってしまうような気になる異性など、周りにはひとりもいなかった。

「あの、渡辺さま……」

頭が真っ白になって、何かとんでもないことを口走ってしまいそうだ。幸か不幸か、それを止める者がいた。

「ご新造さま！　こんなところにいらしたんですか。探しましたよ」

ふり返ると、女中のおむらがいた。

「いつまで経っても戻らないから、ご隠居さまが心配されて探してこいと……」

そのとき初めて、女主人がひとりではないことに、おむらは気づいたようだ。若い娘の表情は、実にわかりやすい。驚きの後に、好奇の勝った疑念を浮かべた。

「日中りのためか加減が悪くなって、しばしここで休んでいたの。そこにたまたま渡辺さまが通りかかられて、介抱していただいたのよ」

咄嗟に出た言い訳は、かえって女中の興味を煽ったようだ。醤油屋へ行ったにしては方角が外れているし、馬琴が心配するほどに長く家をあけていた。介抱という言葉すら、何やら色っぽくもきこえてくる。

「お手間をとらせて、申し訳ありませんでした。さ、渡辺さま、参りましょ」

ひとまず崋山を促して、滝沢家へと急いだ。

崋山が顔を見せると、日頃は気難しい馬琴も、人が変わったように相好を崩す。

「ようお越しくだされた、崋山殿。おお、唐の書物をこんなに……実にかたじけない。何やら嫁が造作をかけたようで、痛み入りまする」

崋山のおかげで、お路も舅の叱責を免れた。女中と違って、馬琴はその手の邪推なぞちらとも抱かぬようで、そればかりはありがたい。

台所で麦湯の仕度をしながら、女中には念を入れた。

「妙な勘繰りは、よしてちょうだいね。だいたい、この腹をご覧なさいな。色っぽい始末なぞ、起こりようがないでしょう」

おむらは改めて、丸くせり出した腹をしげしげとながめる。

「たしかに、そうですね。腹ぼてのご新造さまじゃ、浮名の立ちようもありませんしね」

自嘲の言葉は他人から言われると、思いがけず痛い。

迂闊(うかつ)にひらひらと舞い上がった気持ちは、台所の土間に落ちて無残に潰れた。

お路は腹に手を当てて、しばし見えない気持ちをながめていた。

「お路、ちょっとこちらに来なさい」

台所に近い、四畳半の座敷に呼ばれた。お路はひそかに、説教部屋と呼んでいる。馬琴にこの部屋に呼び出されるときは、説教と相場がきまっているからだ。

「彩鳳随鴉という言葉がある。彩りの美しい鳳が鴉に嫁ぐ、つまりは美しい女が劣った男につれ添うことを言うが、転じて妻が夫を粗末にあつかってはならぬとの戒めとされておる。そもそも、妻の務めというものは……」

馬琴の説教は、遠回りな上に長々しい。いちいち格言を引き合いに出すのは、文筆家の性というよりも、核心を避けているからだ。現に先刻から、向かい合ったお路とは、一度も目を合わせない。視線はずっと、嫁の膝先あたりに落ちていた。

他人に臆病な故に、あからさまには争えない性分だ。一方で、妙に律儀なところがある。

おそらくは二日前、宗伯に口応えをした挙句、しばし家を空けた一件だ。

息子の訴えを無下にできず、嫁の教育も疎かにしてはならない。さりとて自ら叱責するのは、本当は嫌でたまらないのだ。そんな心境が、二日という時差になって表れる。

お路にとっては、すでに痛くも痒くもないが、ちょっとした悪戯心がわいた。

「お舅さまのお言葉、身にしみました。これを機に、己の不心得を悔い改めとうございます」

「そうか、わかってくれたか。己の行いを省みんとは、実に良い心掛けだ」

「つきましては、しばらくこの家を出て、とっくりと考えさせてくださいまし」

「なに、家を出るだと？　よもやまた、実家に帰るつもりか？」

「いいえ、それでは滝沢の面目が立ちますまい。ですから、飯田町のお義姉さん夫婦のところに、ご厄介になろうと思います」

「何だと、清右衛門とお咲のところにか？」

謹厳極まりない舅が、わかりやすく慌て出す。

「いや、しかし、飯田町の家はとかく手狭であるし、自省であればこの家の内でも……」

「ここにいては、ついつい甘えてしまいますし、子供たちがいては落ち着きません」

「身重の折でもあるし、慣れぬ家で万一のことがあっては……」

「お舅さまからいただいた先日のお話……私もじっくりと考えてみたいのです。そのためには、飯田町にお世話になるのがいちばんかと」

正面から視線を捉えると、馬琴の面相に怯みが浮かんだ。

お腹にいる三人目の子を、義姉夫婦に養子に出してはどうか――。

先日、馬琴は宗伯とお路を呼んで、己の意向を打診した。

仲睦まじい清右衛門夫婦だが、子宝にだけは恵まれない。鴛鴦のような夫婦に子ができず、憎み合っているに等しい自分たちに授かるとは、皮肉としか言いようがない。とはいえ、まだまだ先の話だ。無事に赤子が生まれるまでは糠喜びになりかねないから、当のお咲夫婦にも明かすつもりはない。生まれてからも母乳で育てねばならず、乳離れを終えた四つ五つまでは、この滝沢家で育つことになろう。飯田町に跡継ぎがいないことを憂えて、馬琴はそのように己の意図を語った。

たとえ三人目であろうと、こうして幾月も腹に抱えて、すでに深く情がわいている。その場で拒みたい衝動を堪えたのは、この子にとって何よりかもしれないとも思えたからだ。

病人ばかりで絶えず湿っぽく、たまさか癇癪を起こす夫の怒鳴り声が響きわたる家で育つより、やさしく篤実な清右衛門夫婦に世話をされる方が、よほど幸せであろう。

返事はまだ伝えていないが、夫が父に逆らうはずもなく、お路も半ば覚悟を決めた。それでも治らぬささくれのように、嫌な痛みが残っている。その恨みを、こんな形で舅に晴らしたかったのかもしれない。

「いかんぞ、お路。飯田町には行かせられぬ。おまえは滝沢の嫁なのだからな」
内心の動揺を押し隠すように、重々しく達した。お路にも、こたえは端からわかっていた。こんな身重であっても、お路がいなくてはこの家は一日も回らない。半病人のような夫や、危なっかしい盛りの子供たち。女中の指図に客の応対。ほんの一服、茶を喫する暇すらないほどだ。

「それが妻であり、母というものですよ。家の中で毎日、嵐に揉まれてでもいるように、一時たりとも気が休まらない」

そう諭したのは、母のお琴であった。実家には滅多に帰れずとも、父の元立やお琴はしばしば滝沢家を訪ねてくる。芸事や派手を好み、夫とともに芝居や遊山に出掛けていく母では、せっかくの金言もいまひとつ光らないが、ひとつだけお路の胸に深く響いた。

「女の役目はね、家事ではないんだよ。家の些細を片づけながら、家人の皆の気持ちをくつろがせ繋ぎとめることが、何よりの役目だよ」

妻がいなければ、家はたちまち崩壊する。お琴はたしかにお気楽な性分だが、そのぶんいつも愉しげだった。父もまた能天気な人ではあるが、土岐村家のあの明るさは、母がいてこそ培われたものであろう。

対して、自分はどうだろう。もともと明朗とは言い難く、宗伯との仲がこじれているだけになおさらだ。むしろお路の言動が、夫の不機嫌や癇癪を招き、いっそうこの家に居心地の悪さを招いているのは事実だ。

家を出たいと申し出たのには、そんな負い目も手伝っていた。

馬琴の説教も済んで、この件は片付いたと思っていた。

とんでもない災厄となって降ってわいたのは、それから十日ほどが過ぎ、暦が六月に替わった頃だった。

ひときわ蒸し暑く、寝苦しい晩だった。寝付かれず、額の汗を拭う。

腹を庇って横向きに寝ていたが、背中から夫の手がかかった。

同じ部屋で布団を並べてはいるが、身重のからだとなってからは、夫婦の営みも絶えていた。太郎を身籠っていた頃は、夫が求めることもあったのだが、お路が嫌がり宗伯も学んだ。出産までは閨事(ねやごと)を慎むとの、暗黙の了解ができていた。

応じるつもりはなくふり払おうとしたが、手は執拗(しつよう)に張った乳房をまさぐろうとする。

今日は癇癪も起こしていないのに——。内心で首を傾げた。

癇癪を爆発させた日は、宗伯は必ずお路を求めてくる。しかも獣のような勢いで、むしゃぶりついてくるのだ。閨事に疎い最初のうちは、怖くてならなかった。日頃はひ弱に見える夫のどこに、これほど凶暴な性が潜んでいるのかと、身のすくむ思いがした。

少し慣れた頃、これは夫なりの詫びであろうか？　とも考えた。癇癪を起こした後は、父の馬琴に平謝りする。妻にはそれができず、代わりの行為かとも思えた。

しかしいまは、別の考えに至っている。

癇癖は、家長としての宗伯の尊厳を、大いに損ねている。ただでさえ収入の一切は馬琴が担い、自身は病弱故に御殿医としての出仕もままならない。ある意味その立場に耐え切れず癇癪を起こすのだろうが、そのたびに主人の面目は削られていく。

せめて妻に対しては優位に立ちたい——男として家長としての威儀をとり戻したい——。

そのために妻を組み敷き、荒々しくあつかう。何のことはない、征服欲だ。

男は生まれつき携え、さらに育つ過程で鼓舞される。そして女の前でこそ、自らの力を見せつけんと必死になる。できた女なら、そんな男を可愛いと言うのだろう。しかしお路は、心底馬鹿馬鹿しいと鼻白む思いがする。

見せつけんとするのは、実質が伴わないからだ。そんな見栄を張るくらいなら、たった一言でもいい、やさしい言葉をかけてくれたら。ほんの一瞬でいい、労う仕草を見せてくれたら。どれほど情がわくことか。

ふと、その顔が浮かんだ。神田川のほとり、桂の木の下で会った、あの涼やかな目——。

「やはりおまえは、崋山殿と……？」

気味の悪い声が、お路の心に浮かんだ像を正確に読みとった。思わずぎくりとする。

「この前、家を空けたのは、崋山殿と会うためか？」

おむらか、あるいは近所の誰かの目にとまったか。いずれにせよ、噂の出処などうでもいい。いまはくすぶりはじめた悋気の火を、消すことが先だった。

「益体もないことを。気分が悪くなって休んでいたところに、渡辺さまが通りかかられた、そう申し上げたはずです！」

それだけが真実だ。うっかり抱いた物思いなど、霧のようなもの。お路の気持ちをしっとりと濡らしていったが、すでに跡形もなく消えてしまった——はずだった。

「あたしがそんな不埒な真似をすると？　渡辺さまが、友を裏切るようなお方だと？

本気でお考えなのですか！　ふたりも子を生して、いまもあなたさまのややを宿しているというのに、その妻を疑うのですか！」

知らず知らずに、声の調子が上ずってくる。宗伯とて噂にそそのかされて、ふと兆した疑念に過ぎなかろう。笑ってなだめればよいものを、これでは事を荒立てるに等しい。闇が濃く、互いの顔が見えないことがお路の不安を煽った。いまもっとも恐れているのは、沈黙だった。

「崋山殿のようであったらと、何べんも思うた」

闇の中から、ぽつりと声がした。

「たぐいまれなる絵の才が、みるみる開花していくさまを、おれはもっとも間近で見ていた。最初から上手かったが、空恐ろしいほどの速さで筆の達者が進むのだ。天分とはこういうものかと、心の底から思い知った」

天分をもつ者は、宗伯の身近にもうひとりいる。言うまでもなく馬琴だ。父はただ、仰ぎ見るだけの存在だが、同年代であり立場は弟子であった崋山が与えた衝撃は、また別物であったのだろう。それからまもなく、宗伯は絵の道を断って医術に転じた。

「画才ばかりではない。人好きのする崋山殿は、誰からも慕われていた。その姿が、どんなに眩しく映ったことか」

上士の家柄と、家老という重い役目。輝くような画才と、豊かな人間関係。宗伯に欠けたものを、すべて練り合わせて固めた姿が、崋山かもしれない。

「あんな息子であったなら、父さんもさぞかし誇らしかったことだろう。これほど手塩にかけて育てられながら、この体たらくだ。行いのひとつひとつが、父をがっかりさせていると思うと、とてもいたたまれない」

宗伯の思いは、結局は父親へと収束する。

たしかに馬琴は、一方ならず情を注いで、大事に息子を育てた。しかし、かえってそれがいけなかったのではないか。水や肥やしを与え過ぎて花が枯れるように、万事に手を出し口を出し、権威に阿ってまで行く道までも整えた。そのあまりの周到さに、当の倅は窒息しかかっている。馬琴の示した道は、あくまで馬琴の理想であり、そこには宗伯の自由も意見も入り込む隙がない。

対して崋山は苦労人だ。上士といっても名ばかりで、家は貧乏のどん底にあった。長男の崋山を除き、弟妹たちは軒並み奉公に出されたほどだ。絵を志したのも、家計を助けんがため。天分の才もたしかだろうが、家族を養わんとする必死の努力があったはずだ。何もかも与えられてきた宗伯とは、そもそも根本が大きく違う。

「お路、おまえも、そう思うのか？」

「……え？」

「私が崋山殿のようであったらと……頼もしき夫であったらと、おまえも思うているのか？」

恐れていた沈黙が、闇を塞ぐように落ちてきた。

「そのようなこと……夢にも……」

沈黙に喉を塞がれて、うまく声が出ない。まずい、と感じたときには遅かった。見えない夫の気配が、ひと息にふくらんで弾けた。

「おまえまで、おれを侮るのか！　他所の男と引きくらべて、夫を愚弄するか！　不義よりも重い罪だ！　恥を知れ、恥を！」

こんな真夜中に、夫婦の寝所で癇癪が弾けたのは初めてだ。ただただ恐ろしく、暗い座敷の中を逃げ惑うた。殴る蹴るはしないものの、乱暴にお路に摑みかかる。抗った拍子に、相手の肘か膝が、したたかに腹を打った。思わず呻いて、腹を押さえる。

「夜中というのに、いったい何事か！」

騒ぎをききつけて、馬琴が寝間にとび込んできた。暴れ狂う息子を、どうにか押さえつける。お百も駆けつけて、灯りをつけるようおむらに命じた。

「お路、大丈夫かい？　しっかりおし」

お百の声に、応えられない。腹がきりきりと痛くて、呼吸すらままならない。陣痛とは痛みが違い、股のあいだを冷たいものが流れる。

灯りを向けた女中の喉が、ひっ、と鳴った。寝衣の下を濡らしているのは、真っ赤な血だった。

「これはいけない。すぐに産婆を呼んどいで！」

はい！　と応えて、おむらが廊下を走っていく。周囲がにわかに慌しくなったが、頭がぼんやりしてよくきこえない。

最後に目に映ったのは、呆然とする夫の顔だった。

お路はそこで気を失い、目覚めると傍らには、お百の顔があった。

「気がついたかい、お路。腹はどうだい、まだ痛むかい？」

いえ、とこたえる。嘘のように痛みは引いていたが、腹の感触があまりに頼りない。

「お姑さん……子供は？」

いつも以上に、お百の顔が老けて見える。かすかに首を横にふった。

「そんな……」

「おまえだけでも助かってよかった。養生するよう産婆にも言われてね。粥を炊いてあるが、食べられそうかい？」

「後でいただきます……少し眠りますので、お姑さんもお戻りください。もう、大丈夫ですから」

気遣わしげな顔をしながらも、そうかい、とお百は座敷を出ていった。

床の中で身じろぎをしたとたん、足のあいだから月のものに似た感触が走った。

初めて涙が出て、お路は床の中に泣き声を埋めた。

三　ふたりの母

この世に産声をあげられなかった子は、男の子だった。

太郎が待ち焦がれていた弟だ。むろん子供たちには、男女の別すら知らされていない。

小さな遺骸は、翌夕、宗伯が抱えて寺に埋葬した。仔猫ほどの育ちながら、ちゃんと爪もついていたとお百にきかされて、お路はまたひとしきり泣いた。

お路は思った以上に長く、床に就いた。からだはもちろんのこと、心が塞がっていた。

夫とは寝間を別にして、布団に籠もって目を閉じ耳を覆う。見たくないのは夫の姿であり、ききたくないのは夫の声だ。理屈抜きに、夫の一切が疎ましくてならない。いまや実家に帰るという、逃げ道すら残されてはいない。太郎は滝沢家の大事な跡継ぎだ。手放すはずもなく、お路も太郎を置いてはいけない。この家に留まるしかなかったが、しばらくは立ち向かう気力すら失くしていた。

お路を床から引きずり出したのは、家人の誰でもなく女中だった。

「え？　おむらが？」

「そうなんだよ。さっき父親が訪ねてきてね、どうにも娘が参っているから宿下がりをさせたいというんだ。あんなにぴんぴんしているってのにさ、よくも言えたもんさ」

　参っているのは本当だろう。耳障りなお百の訴えをききながら、女中の苦労を思いやった。お路が臥(ふ)しているあいだ、そのつけはおむらにまわる。

「それでね、さっそく代わりを探して、ひとり見つけたんだがね、女中の仕込みはおまえ任せじゃないか。面通しの席には、お路にもいてほしいというんだ」

　具合の悪い嫁を担ぎ出すのは、それこそ具合が悪い。自分では言い出せず、妻を通して馬琴は伝えたのだ。姑息(こそく)には呆(あき)れたが、それでも諾と姑(しゅうとめ)に伝えた。

　お路がおらぬあいだ、八面六臂(はちめんろっぴ)の活躍をしたのは若い女中ではない。ほかならぬ馬琴だと、承知していたからだ。

　六月は、祭りの季節だ。お路が寝込んでいる間に、神田明神(かんだみょうじん)の天王祭(てんのうまつり)と山王祭が行われた。

　馬琴はお百や子供たちを引き連れて、どちらも見物に行っている。楽しむためではなく、氏子としての役目を果たすためだ。年中行事のたぐいは欠かさずこなさねば、気が済まぬ性分だった。

その傍ら、嫁の代わりに家事一切を目配りし、逆にそれがおむらを疲弊させたのだろうが、結果はともあれ、その超人ぶりには頭が下がる。

この半月のあいだも、馬琴は一日も欠かさず膨大な執筆をこなし、訪れる版元の相手をし、画工との相談も疎かにせず、さらに親族や種々雑多な客を迎えるという荒行をこなしていた。いつ眠るのか、不思議なほどだ。

その大変さを誰より理解できるのは、皮肉なことにお路であった。

翌日お路は、舅とともに女中の面談に当たった。

「はつと申します。よろしゅうお願いします」

言葉には西の響きがあった。出自をきかされていないお路は、相手に問うた。

「生国は上方ですか？」

「金沢です」と、不安そうに応える。

不安のもとはすぐに知れた。おはつは、金沢から江戸に出てきたばかりだった。

「金沢では、商家などで奉公をしていたのね？」

「へえ、ほんなんがや」

「ほんなん……？」

「あ、いえ、うち……」

たちまちしどろもどろになり、すかさず付添女が後を引き受ける。

「さようでございます。歳は多少嵩んでおりますが、そのぶん落ち着きもありますし、きっとお役に立ちましょう」

おはつは二十九歳と、たしかに若くはない。お路よりふたつ上になるのだが、歳の近さにはかえって安堵を覚えた。江戸に不慣れなことを除けば、人柄にも好感がもてる。

「どうなさいますか、お舅さま？」

「女中の差配は、おまえに任せているからな」

「私は、よろしいと思います」

一瞬の間があいた。横目で窺うと、鼻の穴がわずかにふくらんでいる。舅が大柄なだけに、座しているときですら鼻下にたやすく目がいく。不満である証しだった。

それでも嫁の意向を無視して、この場で反を唱えるほど横柄ではない。馬琴の尊大さは、あくまで身の内に留められ、外には滅多に出さない。ただ、出さぬからこそとんでもない高さにまで育っていることも承知していた。

「あとの相談は、おまえに任せる」

すいと席を立つ。このために、お路を呼んだのだ。金の相談は、馬琴がもっとも苦手とするところだ。吝嗇ともいえるほど勘定は細かいくせに、金銭の相談は武家らしくないとでき得る限り忌避している。

おはつを紹介したのは、加賀前田家の江戸屋敷で召使を務める男で、付添女はその女房だった。女房は江戸住まいが長いだけあってなかなかに手強かったが、当人は江戸に来たばかりで、夜具から着物まで一切をこちらがそろえねばならない。そこをついて、金二両で承知させた。年季は来年三月五日まで、この日は奉公人の出替わり日と定められていた。

「話はまとまりました。明後日から働いてもらいます」

舅のもとに報告に行く。交渉の結果には馬琴も満足したが、不服そうに呟いた。

「金沢者は、好かぬな」

苦手は金沢ではなく、他国者であろう。いまや江戸は他国者の集まりだというのに、保守の塊たる馬琴は、人だろうが物だろうが相手との差異をいちいち怖がる。

「人柄は、悪くはなさそうですよ。それが何よりです」

「まあ、そうだが……そういえば名のことだがな、はつではなく、なつとしよう」

　またぞろ面倒なことを言い出す。おそらく八卦にでも出たのだろう。かえって混乱を招くだけだというのに、この辺も懲りない男だ。からだが本調子ではないだけに、意見するのも億劫で黙ってうなずいた。座敷を出ようとすると、馬琴が呼びとめた。

「ああ、お路、加減はどうだ？」

「おかげさまで、だいぶ……」

「くれぐれも大事にするのだぞ。決して無理をせず、薬も欠かさず飲みなさい」

　真摯なまでの労わりが、伝わってきた。本気でお路のからだを案じている。

　身内には、馬琴はことさらに心を配る。いつのまにか馬琴は、お路を他家から来た嫁ではなく、身内と認めていたのか。辛い思いをしただけに、舅の気持ちは素直に胸にしみた。

「お心遣い、痛み入ります」

　ていねいに一礼して、舅の部屋を出た。また宗伯と寝所を共にせよと言わなかったのが、何よりの心遣いかもしれないと、そうも思えた。


　お路が見込んだとおり、おはつ改めおなつは、素直な働き者だった。

江戸は初めてなだけに、一から十まで教えねばならぬ手間はあるものの、懸命に学ぼうと努め覚えも悪くない。口数が少なく口応えしないのも、雇う側としては有難い。あまりしゃべらないのは、訛(なま)りを気にしているようだ。ふとしたときに出る金沢弁に、馬琴が露骨に顔をしかめるものだから、台所以外ではほとんど話さなくなった。

お路にとっては新鮮で、江戸の物言いを教えながら、金沢ことばをたずねる。

「ほんなんがやとは、そうですよ、ということね」

「へえ、ほうねんてえ……いえ、そんとおりです」

音の調子は上方に近いのだが、そがほになるようで、そうだはほうや、そうしたらはほったらになるという。お路にも耳新しかったが、誰より興味をもったのは太郎である。

「ちーんとしましま、って何だよ、おなつ」

大げさなまでに転げまわって太郎が笑う。困り顔のおなつに確かめると、ちーんとはおとなしく、しまっしまとはしなさいという意味だった。着替えをさせようとしたが太郎がじっとしておらず、ちーんとしとりまっしま、つまりおとなしくなさいませと、つい口に出たようだ。

「ちーんとしましま」は、しばらくのあいだ太郎のお気に入りとなり、ことあるごとに発して歩く。

「いい？　おじいさまの前では、決して言わないように。ご機嫌を損ねてしまいますからね」

「どうして？」

「おじいさまはご本を書いてらっしゃるから、正しい言葉にこだわりがあるの」

「正しいって何？　おなつの金沢弁は、間違いってこと？」

「いいえ、間違いなぞでは決してないわ。上方には上方弁が、陸奥（みちのく）には陸奥の言葉が、金沢には金沢の話し方があって当たり前だもの。お国言葉が色々あるのは、むしろ豊かなことだと思うわ」

「じゃあ、どうして？」

　うーんと頭を抱えたくなる。自分自身が納得できない馬琴の偏見を、子供に説くのはまことに難しい。

「とにかく、おじいさまに知れたら、おなつが叱られてしまうの。だから言っては駄目」

「いんぎらぁっとも？　ちょろがすも？」

「ええ、いけません」

真面目な顔を作るのが、苦しくなってきた。いんぎらぁっとはゆったりと、ちょろがすは赤ん坊などをあやすという方言だ。どちらもやはり、太郎の中では大流行していた。

「つまんないの」と、太郎がふくれ面をする。

「太郎、おなつのために我慢してちょうだい」

「どうしておなつのためなの？」

「太郎がおなつの真似（まね）ばかりするのは、太郎のためにならないと、おじいさまは考えなさるわ。そうしたら、おなつを雇い止めにするかもしれない」

「そんなの嫌だよ！　おなつにはずうっとうちにいてほしいもの」

「太郎はおなつが大好きなのね」

必死ともとれる表情で、うん、と首をこっくりさせる。おなつは子供好きで、太郎やお次もしごく懐いていた。真似をするのも、おなつに構ってほしいが故だ。

「母さんもよ。だからふたりで一緒に、おなつを守りましょ」

母と一緒が肝になったのか、今度は素直にうなずいた。

ひとまず安心し腰を上げようとしたが、母の袖を太郎が摑（つか）んだ。

「ねえ、母さん……父上と、まだ喧嘩（けんか）してるの？」

「喧嘩なぞ、していないわ」

「でも、おばあちゃんが言ってたよ。早く仲直りしてほしいって」

子供に入れ知恵をするほど、目端の利く姑ではない。思ったことを、食べこぼしのようにぼろぼろと落としていく。お百の口からこぼれた心配を、太郎が拾ってしまったようだ。

この家では、家人の呼び方にも妙なしきたりがある。

馬琴はおじいさま、お百はおばあちゃん、宗伯は父上で、お路は母さん。太郎はそう呼んでいた。つまり男は武家風、女は町人風である。皮肉にもそれが、太郎なりの距離の測り方ともなっている。馬琴の前では子供ながらにわきまえて、まとわりつくような真似をせず、対してお百には気兼ねをしない。

両親との間合いも同じで、同じ家の内にいても、父は太郎にとって関わりの薄い遠い存在だった。少し不憫にも思うが、太郎のためにはむしろ良かったのかもしれない。馬琴のように子のすべてを監督しなければ済まない父親では、子供はあまりに窮屈だ。

宗伯はその反動で、あえて太郎を遠ざけているのだろうか。

五歳の息子が、じっと母を仰ぐ。たまらなくなり、膝をついてその顔を真近にとらえた。

「心配かけて、ごめんね、太郎」

息子と距離をとるのが父としての夫の情なら、妻のお路に対しても同じだろうか。親の情とは、宗伯には息苦しいもので、それより他に知らぬ男は、妻への情も表しようがわからない。馬琴と宗伯の間柄を、そのまま夫婦になぞらえようとしている。ひたすら父を敬い、唯々諾々と従う息子のように、妻は夫を崇め、従順に仕えるべきだと頑なに信じている。そしてお路は、夫の意に添うつもりはさらさらない。同じ家にいても、背中合わせに暮らしている。互いが見えないまま、距離はいっそう開くばかりだった。
二、三日経って、お百は直接、嫁に告げた。
「あたしだって、四人の子を産んだんだ。子を駄目にしちまう辛さはわかるつもりだよ。それでもねえ、鎮五郎があんまり不憫でさ。あの子のこと、許しちゃくれまいかい？」

姑に下手に出られても、素直にはうなずけない。死産の因となった暴力そのものよりも、酒乱のごとき癇癪が怖くてならない。いつどこで発火するのか、わからないからだ。

「すみません、まだ、いまは……」

「そうかい……まあ、仕方ないねえ」

案外あっさりと引き下がる。ざっかけないぶん腹に溜(た)めぬのは、数少ない姑の長所だった。

「あの子の癇性(かんしょう)はあたしに似たんだって、亭主は言うがね……ああも荒れ狂うのは尋常じゃない。あたしがもっと丈夫に産んであげていたら、違ったんじゃないかって思えてね」

馬琴より三つ年上だから、お百は来年七十になる。脚気(かっけ)の持病はあっても、十分に長生きと言える。だが息子は、両親のしぶとさを受け継がなかった。

「鎮五郎もさ、怖いんだ。きっとあたしら以上にね」

「何が、怖いと？」

「死ぬことさ。それより怖いことなんて、ないじゃないか」

きっぱりと告げられて、眼が開く思いがした。

生きるものにとって、死は縁遠いものだ。風邪すら滅多に引かない若いお路にはなおさら、未(いま)だはるか遠い先にあった。

宗伯は、違うのだろうか？　年中、病が途切れず油断もできない。無病が十日続くことすら稀（まれ）なほどだ。しょっちゅう寝込みながら、床の中でひたひたと近づいてくる死の足音に震えているのだろうか。その心許（こころもと）なさを、うかつにも初めて思いやった。

「どうしたって鎮五郎は、あたしらほど長くは生きられない。そう思うと、あの子が不憫でならなくって……」

あの狂ったような癇癪も、むしゃぶりつくように荒い閨事（ねやごと）も、すべては生への希求だろうか。

「だから、お路、どうか堪（こら）えておくれな。先の短い者の我儘（わがまま）だと思って、大目に見てやってほしいんだ」

涙ぐみ、大きな音で手鼻をかむ。品がないと馬琴にこぼされても、長年の癖を改めるほど殊勝な妻ではない。この人も、この人なりのやり方で夫に抗（あらが）っているのかと思うと、いくぶん気持ちが和んだ。

姑に懇願されても踏ん切りがつかずにいたが、それからわずか半月後だった。

あれほど太郎が懐いていたおなつが、滝沢家を去った。いや、いなくなった。

直接の原因は、馬琴のきつい叱責であろう。使いの帰りに、付添と請人を務めた金沢出の夫婦の家に立ち寄ったことを咎（とが）められたのだ。雇い先での日々のあれこれを、お国言葉で存分に語りたかったに違いない。察したお路はとても責められなかったが、馬琴はその手の横着を決して許さない。

「未だに道にも疎く、ろくに使いもこなせぬというのに、勝手を通すとは何事か！」

おなつは震え上がり、早々に暇を願い出た。まだ雇ってから、ひと月半にも達していない。引き止めたが承知せず、せめて代わりの者が見つかるまではと慰留を乞うた。

そして数日後、おなつは夜中に滝沢家を出奔した。請人から、代わりが見つからぬ故、もうしばらく留(とど)まるようにと申し渡された晩のことだった。

一日たりとも、この家に居たくなかったのかと思うと、出替わりに慣れたお路ですらさすがにがっくりきた。結局、おなつを守りきれなかった。太郎がどんなに悲しむか――。

翌日、おそるおそる太郎に伝えた。

「そうか……おなつは出ていったのか」

太郎は泣きもせず、少し残念そうに呟いただけだった。

あまりに女中が替わるため、慣れもあろうが、長男のものわかりのよさは逆に哀れでもあった。厳格な祖父、浮き沈みの激しい祖母と荒れ狂う父、そして両親の不仲。おなつのように逃げることすらできず、小さな身で太郎はすべてを受け止めている。

わずかながらでも、せめて母の己だけでも、息子の負担を軽くしてやりたい。母の思いが、妻の意固地に勝った。

「母さんね、今日からもとどおり、父上と一緒に休むことにしたわ」

「ほんと？」

「ええ、本当よ。さっそく布団を運ばないと」

　太郎の顔が、にわかに明るくなる。息子の笑顔のためなら、何だって堪えられる。母親の自負こそが、お路の生きる甲斐（かい）であり、身を支える芯でもあった。

　決めたことは、さっさと済ませてしまうに限る。お路は夫婦の寝所に、布団を運び込んだ。今日も具合が悪いようだ。部屋にはすでに床が伸べられて、夫が仰臥（ぎょうが）していた。

　顔を横に向け、お路と目を合わせる。

「戻ったのか……」

「はい、お加減は？」

「たいしたことはない。ただの風邪だ」

　どちらも詫（わ）びることはせず、それでいいとお路は思った。

　たったふた月のあいだに、夫はさらに痩せていた。

その年の大晦日、馬琴は日記の最後を、こう締め括っている。

『家内一同、不異ニて春を迎ふ。めでたし〳〵』

似たような言葉が、毎年、大晦日に記されている。

『家内一統恙なく、安全ニ新年を迎ふ。歓ぶべく賀すべし』

『家内いづれも安全、迎新年、歓ぶべし』

単なる決まり文句ではなく、そこには切なる思いが籠められていた。

家族がひとりも欠けることなく、皆でそろって新年を迎えられる。その有難さを、馬琴は身にしみて知っていた。

馬琴の日記を読む機会に恵まれたのは、だいぶ後のことで、お路も年相応に、舅の気持ちに寄り添うことができたが、もしも当時のお路が目にしていれば、どこがめでたいのかと立腹したに違いない。

実際その年は、いくつかの死が馬琴の耳に届いた。

お路が流産してまもなく、先代の松前公たる美作守道広が逝去した。歿ったのは六月二十日だが、松前屋敷に出入りしていた宗伯を通して、十日遅れで馬琴の耳に届いた。

享年七十九。長寿をまっとうしての往生だったが、八犬伝をこよなく愛し、宗伯に御殿医の道を開いた後ろ楯でもあっただけに、馬琴親子はその死を悼んだ。

そして閏十一月には、八犬伝の画工であった柳川重信の不幸があった。月半ばに病を得たとの報を受け、それから半月も経ず、閏十一月の末に亡くなった。

「柳川さまが……まことですか？」

この訃報には、お路も大いに動揺した。柳川は画の相談のために、たびたび滝沢家を訪れていたからだ。まだ四十六歳と死ぬには若く、ついこのあいだまで壮健そのものだった。

「わからないものだな。私のように病がちな者が永らえて、難なぞなかった柳川殿がこうもあっけなく身罷るとは」

宗伯も残念そうに語り、その死を悼んだ。

柳川重信は、葛飾北斎の門人であり、八犬伝の第一輯から、今年と来年、上下で版される第八輯まで、ずっと挿画を務めてきた。実に十八年の長きにわたり作品を支えた、馬琴の相棒とも言える存在だった。

「ご葬儀には、お舅さまが？」

「いや、名代としてわしが伺う」

「またですか」

うっかりそう応え、またぞろ夫の不機嫌を招いてしまったが、互いの失礼には、良くも悪くも慣れてきた。仲はともあれ、夫婦としては落ち着いていた。

またと言ったのには、理由がある。馬琴は身内の行事となれば、過ぎるほど抜かりなく行う。つい二日前にも、宗伯の誕生祝いと、太郎とお次の袴着・髪置祝いを兼ね、赤飯を炊かせて内祝を催した。

子供の祝いはともかく、大人の宗伯が誕生祝いとは、お路は内心で呆れたが顔には出さなかった。さすがに毎年行うわけではなく、からだの弱い息子が満三十五歳に至ったことが、馬琴はよほど嬉しかったに違いない。親馬鹿ぶりにはため息しか出ない。

一方で馬琴は、祝儀不祝儀を問わず、他家の席には不参を貫いている。

ことに世間を騒がせたのは、十六年前、山東京伝の葬儀であった。

山東京伝は、かつて一時代を築いた戯作者であり、馬琴にとってはその道に導いてくれた恩師ともいうべき存在だ。馬琴はその京伝の葬式にも顔を見せず、以来、師弟の不仲は声高に世間に流布された。

その日、宗伯は、画家の葬式から昼には戻ってきて、それから馬琴とともに飯田町へと出掛けていった。お百もまた、太郎とお次を連れて湯屋に行った。お百はとかく風呂好きで、老いてからは毎日とはいかぬまでも未だにちょくちょく通っていた。子供たちの世話をさせるために、女中をつけて送り出した。

　家の中はいっとき静かになったが、ほどなく客が訪ねてきた。

八犬伝の版元たる文渓堂（ぶんけいどう）の主人、丁子屋平兵衛（ちょうじやへいべえ）だった。柳川重信の葬式一切をとり仕切り、その帰りのようだ。いつになく疲れが顔に滲（にじ）み出ていた。あいにく馬琴は留守だが、そのまま帰すのも気の毒で、お路は茶を一杯どうかと勧めた。平兵衛も有難く受けて、玄関先で塩をまいてくれまいかとお路に頼んだ。

「馬琴先生は、やはりお見えになりませんでしたな。まあ、わかってはおりましたが」

「舅（ちち）の意固地にも困ったものです」

「京伝先生の葬式に不義理を通して、他の方の弔いに出るのもまた、具合が悪いかもしれませんがね」と、苦笑を返す。

　馬琴が若い頃、山東京伝の門弟であったことは、お路もきいている。師弟がどのような経緯を辿（たど）ったのか、にわかに興味がわいた。他に耳目がなかったこともあり、お路は話を乞うた。

「ここだけの話にしてくださいましよ」と念を押して、平兵衛は語ってくれた。

ふたりの出会いは、四十年ほど前にさかのぼる。馬琴がまだ二十四、五の頃だ。

「当時、京伝先生は、押しも押されもせぬ当代随一の人気戯作者でしてね」

「私も存じております。黄表紙もいくつか読みました。どれも面白くて……」

「その話、馬琴先生には語らぬが花ですよ。機嫌を損じかねませんから」

「あら、そうなのですか？」

「文でも絵でも、作者というのはことさらに我の強い方々でしてね。同業を褒めるのは、我をけなされるのと同義だと取られかねない」

「なんて面倒な……版元のご苦労、お察しします」

つい慰めの言葉をかけると、それも仕事のうちだと平兵衛は返した。

「相手が京伝先生であれば、なおさらです。当代の売れっ子であった山東京伝のもとに、無名の馬琴先生が弟子にしてくれと押しかけましてね」

「あの舅が、そんな無茶を？　とても信じられません」

「無名というより……これもここだけの話ですが、風来坊に近いありさまだったと」

父の死後、一家そろって主家に見放され、立場としては一介の浪人だった。辛うじて長兄が、さる旗本家にて仕官が叶い、馬琴は兄の家に起居していた。医学や儒学を学んだがものにはならず、一時期は人生を憂えていっぱしに遊び歩いていたという。厳格ないまの舅とはどうにも重ならず、それだけでお路を大いに驚かせた。

互いに深川生まれ深川育ちというより他に、面識はおろか接点すらない。そんな戯作の大家のもとに、馬琴は酒一樽を抱えて弟子入りを乞うた。人に対してはいたって気の小さい舅だけにやはり信じがたいが、その場にいた京伝の弟、京山から直にきいた話だから間違いはないと平兵衛は請け合った。

「弟子入りは断られましたが……京伝先生はもともと、弟子をとらないお方ですから。それでも京伝先生は、懐の深いお方でしてね、追い返すような真似はなさらなかった」

京伝にとっては、いきなり現れた得体の知れない相手であったろう。そんな男を家に上げ、長談義につき合い馳走までしたという。山東京伝の寛容が汲みとれる逸話であり、まだ何者でもなかった馬琴にも、何がしかの見どころがあったのかもしれない。

弟子入りは固辞するが、友人として遇するからいつでも訪ねてこいと、京伝は許しを与えた。

「結局のところ、入門と変わりないのでは？」

「仰るとおりで」

「舅が戯作の道に至ったのは、京伝先生のおかげなのですね」

馬琴はいうなれば、京伝の名声と伝手(つて)を存分に利用した。京伝の過去の作をもじり、使われた浄瑠璃(じょうるり)文句をそのまま引用し、恥も外聞もなく時の大家にへつらった。

そこまでしたのには、馬琴なりの理由がある。こと戯作において、京伝こそが最上だと認めていたからだ。塵芥(ちりあくた)に過ぎない立場にあってさえ、ただ頂上だけを仰ぎ見る。馬琴の尊大さ、傲慢さが、わかろうというものだ。

平兵衛は遠回しに語るに留めたが、馬琴を間近で見ているお路には十分に察せられた。

鷹揚(おうよう)な京伝は、そんな媚追従(こびついしょう)を逆に面白がって、版元などに顔繋(つな)ぎをしてくれた。

その後、京伝と肩を並べる戯作者にのし上がり、師すら越えるに至ったのは、常人にはとても真似できないほどの努力と熱情の賜物(たまもの)であろうが、京伝が、戯作者曲亭馬琴にとって唯一無二の恩人であることは変わりない。

「なのに京伝先生の葬式にも列せず……弟の京山先生が、ことのほか立腹しましてね。かなり口汚く罵られた。実を言えば、本当に仲が悪いのは、馬琴先生と京山先生でしてね」

このとき名代に立ったのも、二十歳(はたち)の宗伯だった。葬列には従わず、寺に香典をぽんと置いて去るとは何事かと、京山は誰彼構わず吹聴した。

「もしかすると、弟さまが大げさに言い立てたのやもしれませんが……おかげで両先生の不仲説が、一気に広まりまして」

「舅と京伝先生の間柄は、実のところはどうだったのでしょう?」

「ある件で仲違いに至ったことは、まことのようです」

一度だけだが、京伝が馬琴の作品に噛みついたことがあるという。

「お作の中で、遊女をたいそうこき下ろしたのが、京伝先生の不興を買ったそうで」

「どうして京伝先生がそこまで?」

「ご存じありませんか? 京伝先生は最初のご妻女を亡くされて再縁されましたが、おふたりとも、もとは吉原にいた娼妓なのですよ」

最初の妻は年季が明けてから京伝と一緒になったが、わずか三年で病を得て先立った。両親は息子に再婚を勧めたが、京伝は承知せず、七年後、相思相愛となった遊女を身請けして妻とした。仲の良さは無類で、評判の鴛鴦夫婦であったという。

「馬琴先生も、その辺りの事情はご存知です。即座に詫びられたそうですが……その後がいけなかった。孔子まで持ち出して、何やら遊女について一席打たれた。京伝先生には、火に油という始末になりまして」

いかに繕おうとも、遊女は下賤な売女に過ぎないというのが馬琴の本音だろう。蘊蓄を語りながらそれが露呈して、京伝をさらに怒らせる結果になった。実に舅らしいと、版元と息を合わせてため息をつく。

「以来、互いの往来は、ほとんどなくなりましてね」

その一件を引きずって葬儀への参列を拒むのは、あまりに大人げない。

「ですがね、ご新造さま、ああ見えて馬琴先生は、山東京伝の戯作の才だけは、唯一無二と認めておられるのですよ。むろん口には出されませんが、長いつきあいでわかります」

「山東京伝と舅では、風合いがまったく異なりますが……」

史実をもとにした大掛かりな時代物が、馬琴の真骨頂なら、鋭い風刺や滑稽をちりばめながら、粋や色気に満ちた現代を描くのが京伝の作風だ。両者の作品は、あまりにかけ離れていた。

「艶や洒落では、逆立ちしても京伝先生には及ばない。だからこそまったく逆の読本に、己を見出したのかもしれません」

うがった考えに、なるほど、とうなずいていた。

「それにね、あのおふたりは目に見えないところで、たしかに繋がっておられるのですよ。戯作や読本がこれほどまでに盛んになったのは、間違いなくお二方のおかげです……まあ、あたしら版元としちゃ、多少の損にはなりますがね」

「何のお話でしょう？」

「潤筆ですよ。蔦重と鶴喜が、京伝・馬琴のおふたりに限って、潤筆を支払った。つまりは書画文筆に、生活の道を拓いたのです」

平兵衛の口調に、自ずと熱が入る。書画文筆においては、それほどまでに画期的なことだった。潤筆とは、いわゆる原稿料や画料である。

それ以前は、謝礼や金一封がせいぜいで、一冊いくら一枚いくらといった取り決めは皆無だった。ほかならぬ京伝が、訪ねてきた若い馬琴に言ったほどだ。

他に確固たる職をもち、収入の安定を図らなければ、戯作者なぞ続けてはいけない——。

それまで書画文筆は、あくまで趣味の域から脱せず、大名の抱え絵師にでもならない限り、専業とするにはあまりに不安定だった。

しかし蔦屋重三郎と鶴屋喜右衛門、ふたつの版元が、京伝と馬琴に限り、一作いくらと決めて潤筆を支払うことにした。それがやがて他の版元にも広まり、専業作家や絵師が増えて、戯作と浮世絵の黄金時代を招いた。

「たとえ潤筆を払っても儲けが出る。その仕掛けを築いたのは蔦重と鶴喜であり、京伝・馬琴両先生の人気に支えられて叶いました。どちらか片方では成就しなかった。短いあいだでしたが、ふたりの人気戯作者が並び立った。だからこそ成し遂げられたのです」

「目に見えない繋がりとは、そういうことでしたか」

「いま丁子屋がやっていけるのも、もとを辿ればそこに行きつく。もちろん八犬伝のおかげでもありますがね、馬琴先生には、二重に有難いと思っておりますよ」

平兵衛は言って、目尻を下げた。馬琴への腰の低さは、世辞や追従ばかりではなかったのかと、お路は初めて気づかされた。

「少々しゃべり過ぎましたな。また出直して参ります。くり返しますが、いまの話はくれぐれも先生のお耳には入れませぬように」

「心得ております」と、版元を見送った。

丁子屋平兵衛が帰っていくと、些細な話が心に残った。

京伝が落籍した妻と、最後まで睦まじく暮らしたというくだりだった。

やがてお百や子供たちが湯屋から戻り、舅と夫も飯田町から帰ってきた。

お帰りなさいませ、と出迎えながら、つい夫の顔を仰ぐ。

「何だ?」

「いえ、何も……」

父に続いて、玄関から奥へ通る夫の背中に、また視線が張りつく。

純粋に、京伝の妻がうらやましかった。遊女の身ながら人気作家に縁付いたなぞという、芝居じみた事情をうらやんだわけではない。ともに思い合う夫婦の暮らしが、何気ない日常が、どれほど楽しく輝いていたことか。自分にないことが寂しかった。

山東京伝は、その風刺や批判に満ちた作風から御上(おかみ)に目をつけられ、過料や手鎖などの刑を受け、徐々に精彩を失っていった。京伝の二人目の妻は、夫亡き後錯乱し、物置に籠められて哀れな最期を遂げたという。

その死に耐えきれず、狂うほどに京伝を愛していたのだろうか——。

不遇な晩年を送ったという妻が、眩(まぶ)しく思えてならなかった。

日が陰ってきて、夫が去った廊下は、いつも以上に昏(くら)く見えた。

「えっ、お次を?」

年が明け、二月初旬になって、お路はその話を初めて知った。

「やっぱり……お父さんからは、何もきかされていないのね？」

困ったふうに、剃った眉のあいだをしかめる。飯田町に住む、義姉のお咲だった。毎日のように訪れる清右衛門ほどではないが、お咲もよくこの家に顔を出し、またこちらから出掛ける機会も多く、互いに親しく行き来していた。

夫の清右衛門と同様、控えめで穏やかな人柄は好ましく、お路は喜んで迎えたが、義姉の相談事には面食らった。長女のお次を養女にしたいとの申し出だった。

「でも、お義姉さん、これから生まれる子供を養子にするとの話では……」

お路はその頃、懐妊していた。産婆の見立てでは、産み月は八月だ。

「ええ、もともとはお父さんが言い出したことで……分家とはいえ、滝沢を名乗る以上は家を絶やしてはいけないと」

清右衛門が婿養子になり、飯田町の家は滝沢の分家とされた。義姉夫婦に子供ができず、跡継ぎのことで馬琴がかねがね気を揉んでいたことは、お路も承知している。三人目の子を養子に出すつもりでいたが、流産となり叶わなかった。

「あたしたちも、その心積もりでいたのだけれど……乳飲み子のうちは、母親のお路さんから引き離すわけにはいかない。どうしても、あと三年はかかるでしょ？　あたしもうちの人も、若くはないし……」

お咲は宗伯より三つ年上だから、ちょうど四十になる。清右衛門は四十七、五十路も見えてきて焦る気持ちもわからなくはない。気が逸ったのは、お路の流産も一因であろう。いまお腹にいる子も無事に生まれるとは限らず、出産に障りがなくとも、七つまでは神の子と言われる。その歳まで育たぬ子供が多いためだ。

去年の冬から、馬琴はときには宗伯を伴って、たびたび飯田町に出向いていた。養子の相談をしていたのかと、ようやく合点がいった。

それにね、とお咲は義妹の視線を捉えて、熱を込めて告げた。

「何よりも、お次が可愛くて仕方がないの。四つになって可愛い盛りでしょ？　あたしたちにもすっかり懐いて、おじちゃんおばちゃんと慕ってくれる。お次をこの手で育てたい、我が子として迎えたいって、あたしも亭主も思いは同じなの」

お路とて、やはり同じだ。お次は初めての女の子で、長男とはまた別の思い入れも強い。いきなり養女にと乞われるのは、母親にしてみれば暴言と変わりない。

胸にわいた憤りを、そのままぶつけることをしなかったのは、この義姉もまた、馬琴の犠牲になっているからだ。お咲は人生のすべてを、父に支配されてきた。

十七で行儀見習のために武家奉公に出されたが、二十五歳のとき父の都合で家に戻された。

宗伯が医者になり別宅を構え、お百も末娘のお鍬を連れて息子に従った。馬琴の面倒を見る者がいないという理由で、お咲に白羽の矢が立ったのだ。それから六年ものあいだ、お咲は父の世話に従事し、三十一歳のときに、ようやく清右衛門に縁付いた。祝言をあげるには、甚だ遅すぎる。ただ、馬琴にも人並みの親心はあって、お咲が二十歳前の時分に、ゆくゆくは娘と添わせるつもりで養子をとった。しかし性根が気に入らず縁を切り、翌年、別の養子を迎えたがやはり同じ顛末に至った。

養子に恵まれなかったとも言えるが、馬琴はことごとく他人への寛容に欠ける。結局まわりに残るのは、人形のように従う者たちだけで、それが宗伯でありお咲であり清右衛門であった。お咲が父に抗う姿は、想像ですら描けない。弟のように癇癪を起すこともなく、ただ父の言うままに右から左に据え置かれるさまは、お路から見れば歯がゆいほどだ。

一方で、父のえらんだ婿と円満な暮らしを築いたのは、お路とは違う別の形の強さであろうか。義姉と会うたびに、哀れと羨望の混じった複雑な思いを抱いた。

馬琴の敷いた道の上だけを歩いてきた義姉が、これほど自らの希求をあからさまにしたのは、おそらく初めてではなかろうか。必死の眼差しが、それを物語っている。

「少し、考えさせてください。旦那さまとも相談しなければ」

無下には断れず、時間稼ぎをするに留めた。

「ごめんなさいね。無理を押しつけているのは、わかっているの。でも、どうしてもお次を諦めきれなくて」

「あたしも、わかっています。お義姉さんたちに任せた方が、お次のためにはいいかもしれないって」

それもまた、お路の本音だ。不用意にこぼした本音を拭おうとして、さらによけいな本心が口をついた。

「時々、思うんです。あたしがお義姉さんみたいだったら、嫁としてもっと馴染めたかもしれない。こうも悶着ばかり、起きなかったんじゃないかって」

家が荒れるのは、馬琴の傲岸と、宗伯とお百の我儘のためだ。それはそのまま、お路にもはね返る。娘の頃は親に、嫁してよりは夫と舅姑にかしずくのはこの世の慣いだが、それではまるで囚われた獣のようだ。下手に抗っても檻にからだをぶつけて自らの傷を増やすばかり。それでもお路は、檻の中でもがき続ける。お咲のように大人しい獣なら、もっと可愛がってもらえたのにと、我が身が情けなくなることもある。

「お父さんに逆らったのは、あなただけではないわ。上の妹もやはり、そりが合わなかった」

「お祐さん、ですか？　いざこざがあったとは、私もきいていますが……」

　宗伯を除く三姉妹は、それぞれ気性が異なっていた。淑やかな長女は馬琴のお気に入りで、朗らかな三女はお百に可愛がられた。次女のお祐だけは毛色が違い、大名屋敷での行儀見習も務まらず中途で帰され、親の決めた最初の結婚も失敗し、あげく惚れた男と所帯をもった。馬琴は相手の男が気に入らず、実際、金にだらしのない、いい加減な男であったという。離縁を命じたがお祐は承知せず、遂に馬琴は親子の縁を切ると娘に達した。

　実に九年のあいだ、一切の行き来を断ち、三年前にようやく許されたものの、次女の夫については未だに馬琴は文句をこぼす。

「私とお祐さんは、似てますか？」

「いいえ、まったく。あの子のふるまいは、単なる無鉄砲だもの」

「やはり同じです。堪えるより前に、よけいな口が出てしまう」

「でもあなたは、滝沢の家に留まってくれたでしょう？　私ね、心の底から有難いと思っているの。弟の嫁があなたで……お路さんでよかったって」

　世辞にもきこえたが、こちらに向けられた眼差しはひたむきだった。

「正直に言うとね、最初は無理だと思っていたの。女中の居つきの悪さを見ればわかるでしょ。この家を仕切るのは並大抵ではない、私が誰よりもわかっているわ」

その言葉に嘘はなかろう。お路と同じ苦労をしていたのは、かつてのお咲であるからだ。

「それにね、誰よりお路さんを認めているのは、ほかでもないお父さんよ」

「まさか……とてもそうとは思えません」

そればかりは到底信じられず、思わず眉間の辺りがしかまった。

「本当に気に入らぬ嫁なら、離縁させるはず。だって、誰より大事な跡取り息子のためだもの。弟がどんなに文句を訴えても、あなたを見限ろうとはしない。それが何よりの証（あか）しでしょ？」

義姉の声音に、かすかな羨望を感じた。子は無条件に、親に愛されたいと願っている。お咲や宗伯ならなおさらだ。かつて自分に与えられていた菓子の端を、かじられたように思えたのだろうか。

「だからお父さんも、この話をあなたに言い出せなかった。あたしも清右衛門も、無理強いするつもりはないわ。お路さんが否と言えば諦めます」

手強い交渉相手であることを、いまさらながらに実感した。

お次がほしい、どうしてもお次でなければいけない。諦めると言いながら、強情なまでにお路の側にいるお次をねだる。

ふと、お腹の子が動いたような気がした。産み月はまだ半年も先だ。ふくらみも目立たず、当然、動くはずもない。それでも、ここにいるよ、と訴えられたようだった。

大丈夫だ、私にはこの子もいる。きっとこの子は、丈夫に生まれる。

お次の代わりにはなり得ないが、お次もまた伯母夫婦にしごく懐いている。飯田町とは頻繁に行き来する仲だけに、今生の別れになるわけでもない。

「いますぐとは言わないわ。七、八歳になるまではお路さんが手許で育てて、それから……」

「それでは、遅すぎます。物心ついてからでは、家から爪弾きにされたと、お次は怨むかもしれません」

「でも、お父さんはそのつもりでいて……」

「お義姉さん、お舅さんとお次と、どちらが大事ですか?」

これは真剣勝負、お路とて易々と負けるつもりはない。にらみ合いに近い間があいて、お咲が叫んだ。

「もちろん、お次よ!　誰よりもお次が大事だわ」

その顔を見て、深く安堵した。情に訴えるという手段を使ったお咲に対し、お路は義姉を試すような真似をした。これでおあいこだ。

実の父よりも子供が大事だと、きっぱりと言い放ったお咲は、すでに母親の顔をしていた。

「でしたら、お義姉さん、後はお義姉さんにお任せします。お舅さんには、このように……」

お路の語る段取りに、真剣な顔でうなずく。親に従順を通したこの人に、できるだろうか。多少の疑心はあったが、お咲の表情に迷いはなかった。

それから数日後、馬琴は息子夫婦を座敷に呼んで、お次を養女に出したいと達した。

「お義兄さんとお義姉さんの許なら、お次も健やかに暮らせましょう。私は構いません」

その場で承諾したお路に、馬琴と宗伯はいたく驚いたが、話はそれでまとまった。

「すぐにというわけではない。もう二、三年はこちらで育てて、ものがわかるようになってから移ればよかろう」

舅の座敷から下がると、宗伯が見当外れな文句をぶつける。

「お次はたったひとりの女の子だぞ。それをあっさり承知するとは、冷たい女だな。おまえは母親であろうが」

おかしな話だが、夫の不平がどこかで嬉しかった。日頃は子供たちを構おうともしないから、親の情が見えづらい。お次のことで駄々をこねる夫は、悪くはなかった。

この件はひとまず片付いたかに見えたが、それから半月が過ぎた頃、小さな事件、いや叛乱が起きた。

「すぐにもお次を引きとりたいだと？　どういうことだ、お咲」

「あと二年も三年も待てません。後生です、お父さん、私のたった一度の我儘と思って、おきき入れくださいし！」

初めて耳にする娘の強い訴えに、馬琴はただおろおろする。子は自らが親になり、親を越える。その覚悟があるのかと、お路は義姉に問うた。そしてこれが、お咲のこたえであり決意だった。

見せていただきました、との思いを込めて、お路は黙って義姉にうなずいた。

梃子でも引かぬ娘に負けて、馬琴も承知せざるを得なかった。

それから二十日余り後、お次の誕生日に、馬琴は祝いを催した。清右衛門とお咲の夫婦も、もちろん招かれている。帰り仕度をすると、義姉はお次の手をとった。

「さ、お次、今日からは飯田町にお泊まりしましょうね」

うん、と無邪気にうなずき、義姉夫婦とともに嬉しそうにお次が出てゆく。

覚悟していたはずなのに、身を切られる思いだ。舅の思惑どおり、もう二、三年だけでも、自分の手で育てたかった。いまさらの後悔が、胸に突き上げる。

これは、お次のためだ――。お次のためには、これが最良なのだ――。

何べんも何べんも自分に言いきかせる。親子の絆とは、決して血縁だけに因るものではない。ひとつ屋根の下でともに眠り、食事をし、他愛ない会話を交わす。笑い合い、ときには喧嘩をし、時を重ねれば重ねるほど、少しずつ積み上がっていくものだ。

二年、三年を経れば、それだけ思い出が増え、お次もお路も辛くなる。

一方で、お路は願っていた。夜中にぐずって、お次が帰りたいと言い出すことを――。

その日の晩も、翌晩も二日後も、いまにも目を泣き腫らしたお次が帰ってくるのではないかと、床の中で眠れぬ夜が続いた。お次が吸いついていた乳房が、張って痛い。お次は飯も喜んで食べるし、ほぼ乳断ちも済んでいたが、時折、思い出したように乳をねだった。

痛みに涙が出て、そのたびに罪の意識が滲む。後悔は、長くまとわりついた。

その年の八月、お路は次女を出産した。

命名は幸。名付け親は、当然のごとく馬琴だ。

姉より少し小さく生まれたが、よく泣き、よく乳を飲む子供だった。

「女の子で、よかった。お次の代わりにはならないとわかってはいるけれど……それでも、よかった」

駆けつけた義姉は、安堵の表情で祝いを述べた。その傍らには、すでにお咲を母と呼ぶようになったお次がいた。寂しさはあったが、頑是ない笑顔は何よりの薬となった。

明るい兆しは、束の間だった。

次女が誕生した翌月、ふいの災難が馬琴を襲った。

四　蜻蛉（かげろう）の人

後で思い返すと、馬琴の難には予兆があった。

次女が生まれて、十日ほどが過ぎた頃だろうか。馬琴がぼんやりと、縁側に突っ立っていた。真夏の蟻（あり）さながらに絶えず時を惜しみ、一時たりともじっとしていない舅（しゅうと）には、非常にめずらしい。

「どうなさいました、お舅（とう）さま？」と、お路は声をかけた。

庭の草木に障りがあるのか、あるいは廊下が汚れていたのか。庭や舅の足許（あしもと）を、己の目でたしかめる。と、馬琴が、呟（つぶや）くように言った。

「今日は、暗いな……」

「はい、雨ですから」と、あたりまえのように応えた。

数日のあいだ雨天が続き、その日も空は厚い雲に覆われていた。

「早う、晴れるとよいな……」

はあ、と返しながら首を傾（かし）げた。

「昼間が暗いと、筆が捗らぬからな」

言い訳のようにつけ足した。おそらくその頃から、異変は生じていたのだろうが、馬琴は二重の意味で、我慢の人である。我慢には忍耐だけでなく、我を誇り、他を軽んずる意味もある。

息子の宗伯をはじめ、他者へはあれほど口うるさいというのに、案外自分のことには無頓着なところがある。あるいは薄々感づいていながら、大黒柱として家族には隠していたのか。

どちらにせよ、お路もまた舅の異変を見過ごしていた。お路は八月半ばに次女を産んでから、産後の肥立ちが悪かった。夫ほどではないにせよ寝込むことも多く、娘の宮参りにも行けなかった。

そして九月のある朝、宗伯がらしくない大声で、妻を呼んだ。

「お路、すぐにおまえの実家に使いをやって、お義父さんを呼んでくれ！」

「また、お姑さんの具合が悪いのですか？」

「そうじゃない、父上だ！　父上の目が、見えなくなった！」

え、とひとたび絶句した。腰の辺りから背中にかけて、肌がざわりと粟立った。

義父が失明した？　光を失えば、執筆はどうなるのか。馬琴の筆一本に頼ってきた暮らしは、たちまち滞る。一瞬のうちにそこまで考えて、お路はそれを深く恥じた。

これまでお路は、戯作者たる馬琴を、どこかで軽んじていた。世評が高まり曲亭馬琴の名が広まるごとに、反発する気持ちが生じていた。

どんなに名声があろうと、お路にとっては舅であり家族である。ひとつ家に暮らす者にとっては、口うるさく面倒で甚だあつかい辛い年寄だ。そんな苦労も知らないくせにと、悔しさがこみ上げる。この家の内情を知れば、憧れも羨みもたちまち霧散しよう。

初めの頃は、お路も外に向かってこぼすことがあった。けれどもささやかな愚痴は、似たような口調で封じられる。

『相手はあの曲亭馬琴なのだから、それくらいは大目に見ないと』

当人の人格は棚に置かれ、作品だけがひとり歩きして、大衆に賛美をもって迎えられる。

その現実が、お路にはどうにも受け入れがたかった。馬琴の名に潰されて、陰で喘いでいる家族のことは、誰も一顧だにしない。その不満が、絶えず身内のどこかでくすぶっていた。

仕事なぞ何でもいい。小店の主でも棒手振りでも構わない。大らかで気立ての良い舅なら、嫁にとってはどんなに幸せか。

「曲亭馬琴なぞ、糞食らえだあああ！」

両国広小路の真ん中で、叫ぶことができれば、どんなにすっきりするか。夢想したのは、一度や二度ではない。

馬琴の、ことに八犬伝の人気に納得がいかず、嫉妬に近い感情すら抱いていたくせに、舅の不慮を、直ちに金銭に結びつけたことが、我ながらあまりに浅ましい。

滝沢家の台所は、大衆の馬琴人気に支えられている。あたりまえのその事実に、いまさらながらに思い至った。

「お路、何をしている！　早うせぬか！」

気が動転して、詮無いことを考えていたようだ。宗伯に叱咤されて、我に返った。

「すぐに土岐村の家に、使いを送ります。あとは何を……ひとまず冷やしてみては……いえ、温めた方がよろしいでしょうか？」

「そうだな……打ち身なら、まず冷やすものだが、どうしたものか」

当人も医者だというのに、あまりに頼りない。やはり不意のことで動揺しているようだ。宗伯はいまにも泣き出しそうな顔で、おろおろしている。

「ふたりとも、そう慌てるでないわ。見えぬのは右眼だけなのだから、ひとまずは残った左眼でどうにかなる」

寝所から馬琴が出てきて、狼狽する若夫婦をたしなめた。

夫の中途半端な説きように、咄嗟に両眼かと勘違いしたが、障りがあるのは片方だけだという。とりあえず安堵しながら、舅の右目を覗いた。外から見た限りでは、昨日と何ら変わりない。

「右はまったく見えないのですか？」

「ああ、左のまぶたを閉じると、真っ暗になる」

実際に、左眼を瞑ってみせる。いま、馬琴は、闇の中にいるというのか。

清々しい九月の朝だった。顔を出した朝日は、盛夏の勢いには及ばぬものの、澄んだ秋の空気を吸い込んですっきりとした風情だ。

片目を閉じただけで、この明るい世界から隔絶されてしまうのか。

筆を生業にする者にとって、どれほど恐ろしく残酷なことか。

急に寒気を覚え、お路のからだが、ぶるっと震えた。

この窮地にあっても、馬琴は騒ぎ立てることをしない。武家たる矜持が、その精神を支えているに違いない。武家への拘りもまた、お路の中では舅の欠点であったが、何事もなかったように自らの艱難を堪えている姿には、感動に近い気持ちがわいた。

「すぐに父に、文をやります。目の病には詳しくありませんが、父ならきっと良い眼医者を知っているはずです」

日頃の馬琴や宗伯は、お路の両親を快くは思っていない。

要は滝沢と土岐村の家風が、あまりに違い過ぎるのだ。他家に嫁がせた娘を頻繁に訪ねるのは如何なものか、にぎやかな語らいもまた騒々しくて迷惑だ。元立やお琴が訪ねてくるたびに、馬琴親子は眉をひそめ、辛うじて当人の前では憚ってはくれるものの、後でねちねちとお路にこぼす。その嫌味に絡めて、元立の医術もこき下ろす。兄の元祐も、医者としての父を軽んじていたが、他人から言われると純粋に腹が立つ。

逆に宗伯に馬琴の悪口を言おうものなら、逆上し癇癖を起こすというのに、そういう慮りが、この親子には欠けている。

こんなときばかり元立を頼るのは、身勝手だとも思えたが、それでもお路は急いで文を書き、ひとまず女中を神田塗師町の兄の元に走らせた。

元立は築地から鉄砲洲へ移ったが、四年前の江戸大火で家が類焼し、いまは麻布六本木に住んでいた。さすがに女の足では遠く、兄の診療所には若い助手もいる。六本木まで文を託すことにした。

腕はともかく、若い医者では太刀打ちできない長所が、元立にもある。人当たりの良さで培った、顔の広さである。

その日の昼を待たず、元立は眼医者を連れて滝沢家を訪ねてきた。

「もう大丈夫だ。眼病にかけては、江戸で五本の指に入るというお医師だ。馬琴先生の眼も、きっと治してくださる」

元立は励ますように請け合ったが、あいにくとその楽観は外れた。

馬琴を診察し、寝所から出てきた医師の表情は冴えなかった。

「腫れも発赤もなく、ゴミや埃（ほこり）で目玉が傷ついたわけではなさそうですな。また、濁りもありませんでした」

道が埃っぽく、風で塵（ちり）が舞い上がるために、江戸では眼をやられる者が多かった。故に眼科医の看板をあげる者も多かったが、元立の言葉に嘘（うそ）はなく、名実の伴った医者であるようだ。熱が続いて目を患うこともあるが、もちろんそのたぐいでもない。

「では、父の目が見えなくなったのは……」

「内障（そこひ）と思われます。まことに残念ながら、右眼の光が戻ることは難しいかと」

医者の言葉に、宗伯がうなだれる。宗伯とて医者である。内障では、手の打ちようがないことを知っていた。

「おそらくは、長年のあいだ目を使い過ぎたためでありましょう。右眼から利かなくなったのが、その証しでしてな。手と同じように、目にも利き目というものがあるのです。大方の者は右が利き目となり、そちらをより酷使する。故に先に、傷みがくるのです」

「先に、とは……？」

問う宗伯の声は、震えていた。

「残った左眼で補うしかありませんが、養生を怠ればやはり傷みが進み、やがては左眼も見えなくなります。お歳のこともありますし、いったん衰えれば元には戻りません。医者としては、書き物はすっかりやめてほしいというのが本心ですが……」

「そんな！　父の生業は……」

「むろん、当代一の読本作者であることは、私も承知しています。きっぱりとやめろとは言えませんが、せめて書き物はいまの半分に減らして、目を休ませることを心掛けてください。決して根を詰めてはいけませんよ」

医者の忠告は無駄だった。減らすどころか、馬琴は前にも増して、執筆に打ち込ん

「お父さん、お願いですから、少しはお休みください。根を詰めてはいけないと、お医者様にも戒められたというのに」

「根を詰めずに、読本なぞ書けるものか。宗伯、おまえにも手伝ってもらうぞ。まずはこちらの清書を頼む」

何かに憑かれてでもいるように、馬琴は仕事に没頭した。

己と家族の健康には、人一倍気を使う男だ。正気の沙汰とは思えなかった。

「お舅さまらしく、ありませんね。何をそんなに焦っているのでしょう」

「左眼が見えなくなる前に、できるだけ多くの読本を仕上げようとなされているのだ」

仕事部屋から出てきた宗伯は、疲れた表情でそう告げた。

「ことに八犬伝だ。父上の頭の中には、すでに多くの筋立てができており、外に出る日をいまかいまかと待っている。そのすべてを世に出さねば、死んでも死にきれない——さように思われているのだろう」

お路が淹れた茶をすすり、枯れはじめた庭をながめた。冬はもう目の前だった。

「父上のああいうところは、まことにうらやましい」

「うらやましい、とは？」

「この世に生を受け、為すべきことがある。他の誰にも真似できない、父上にしかできぬことがある。男にとって、それは至上の喜びだ」

いわば自己顕示ということか。お路には、いまひとつぴんとこない。

「おまえにはわかるまい。女は子を産むことができるからな。労せずとも自らの形代を、この世に残すことができる」

「それは聞き捨てなりません。子を儲けるより他に、女には能がないとでも？」

「では、他に何があるというのだ」

「女は暮らしを、慈しむことができます」

さっきのお路と同じ、怪訝な顔を夫は返す。

「なんだ、それは？」

「暮らしは、毎日のくり返しと積み重ねです。一日の休みもなく、生まれてから死ぬまで続くのですよ。照ろうが降ろうが、人が死のうが生まれようが、途切れることはありません」

「だから、それが何だ？」

「昨日とまったく同じでは、飽いちまいますからね。似たような日々の中に、小さな楽しみを見つける、それが大事です。今日は煮物がよくできたとか、今年は柿の木がたんと実をつけたとか……。そうそう、お幸が今日、初めて笑ったのですよ」

「ほう、そうか！」

そのときばかりは、夫の顔がほころんだ。お次を養女に出したことは、お路が思うよりずっと、宗伯にとっても深手であったようだ。まもなく生まれたお幸を、いたく可愛がった。上のふたりのときは子供との接しようもぎこちなかったが、慣れてもきたのだろう。

この夫にもあたりまえの情があったのかと、お路をたいそう安堵させた。

「といっても、口の辺りがほころんで見えただけなのですが」

「いやいや、それで十分だ。わしもひとつ、あやしてみよう」

次女はすくすくと育ち、六歳の太郎も、病気とは無縁で健やかだ。長男が達者に庭を走り回っているだけで心が和む。

「小さな幸いは、その気になれば見つかるものです。それが暮らしの糧になります」

「本当に小さいな」

「小さいからこそ、慈しむのです。幸せとはそもそも、小さいものなのですよ」

滝沢家に嫁いで六年、最初はただただ辛いばかりであった。苦労にかけては、その頃と大差はない。それでも人は、馴染むものだ。馴染むとは、単なる慣れとは違う。他家の家風に接し、違いに戸惑いながら自分のやりようを模索し、やがては己の足場を築く。

そして何よりも、人に馴れ染むことだ。異人の方がましではないかと思えるほどに、舅姑や夫とはそりが合わなかった。大本のところでは、いまも変わらない。相容れない人間はこの世にいるもので、不幸にもお路は、そんな一家の許に嫁いでしまった。さりとて不幸自慢は性に合わず、子供を授かったいまとなっては離縁するつもりもない。

ならば、馴染むより他にない。何も相手を無理に、好きになる必要はない。ただ、舅姑や夫も自分と同じ、ごくあたりまえの人間なのだと思えるようになった。むしろ他者よりも、弱く傷つきやすい。癇癪も口うるささも、その裏返しであろう。臆病だからこそ斜に構え、頑固を通し、居丈高にふるまう。その点では、馬琴と宗伯は、実に良く似た親子と言える。

表向きは嫁として仕えているものの、その実、上でも下でもない。むしろこの家の扇の要となっているのは、いまやお路である。これはお路だけではない。世の嫁や妻は、おしなべてその立場にいる。

要とは、扇の骨を閉じるために嵌める、小さな釘である。扇面のように派手に目立つこともなく、ちっぽけな存在に過ぎないが、釘が抜ければ扇はバラバラになる。いまの滝沢家は、お路の働きで日々のつつがなさを保っている。

婚家の暮らしの中で見つけた、お路の人生哲学だった。

その自負は自信となり、また子を産んでついた腹回りの肉のように、したたかさもそれなりに身についていた。本心なぞ毛ほども見せず、お路はすまして夫に言った。

「ですが、お舅さまにとっての幸いは、やはり旦那さまです。光を半分失っても、旦那さまがそのぶん目配りをしてくださる。だからこそ、気丈を貫いておられるのでしょうね」

「そ、そうか……？　まあ、父上の支えになるのは、わししかおらぬからな」

実に他愛なく、夫の口許がほころぶ。男は世間に、社会に認められ、爪痕を残さんとする欲深な生き物だ。上ばかりを見て、足許の小さな幸せを見過ごしてしまう。宗伯もまた、父だけを仰ぎ見ている。偉大な父の傍らで、その仕事を手伝うことが、夫には何よりの幸せだった。幸せの形もまた、人によってさまざまだ。いまさら夫を責めるつもりはないが、いま手にしている幸せに、いつ気づいてくれるのだろうか。

庭にいた太郎が、両親のもとに駆けてきた。

「木の上の方に、まだ柿の実が残ってるよ。登ってとってもいい？」

柿の木は折れやすい上に、あんな高い枝まで、六歳の太郎が登れるはずもない。お路はうまい言い訳をひねり出そうとしたが、めずらしく宗伯が息子に応じた。

「脚立を据えれば、太郎にも届こう。どれ、わしが行こう」

ぱっと太郎の顔が明るくなり、庭に降りた父の手を嬉しそうに握った。

この家の敷地は八十坪ほど。家の東と南に鉤型の庭があり、瓢箪池が配されている。馬琴は庭いじりを好み、松や柳、桜などが植えられていたが、とりわけ果樹が多かった。

梅、李、石榴、梨、葡萄、柿と、夏から秋にかけて実をつけた。実りは家族で楽しみ、あるいは親類への配り物になり、出来の良い年は八百屋などに売ることもあった。

寝かせていたお幸がむずかり出し、お路は赤ん坊を抱き上げた。

庭の方から、太郎が楽しそうにはしゃぐ声がする。父に抱き上げられて脚立の上に乗った太郎が、こちらに向かって手をふった。お路も手をふり返す。

いまの幸せに気づいていないのは、夫だけではなく、お路も同じだった。

この家は年がら年中、病が絶えることはないが、翌年はことさらにひどかった。とりわけ夏から秋にかけて、まるで疫病神が居座ってでもいるように、病人は途切れることがなかった。

まず六月半ばから、宗伯が床に就いた。腹痛と水瀉（すいしゃ）、すなわち激しい下痢による水便に苦しめられた。昼間だけでも十五、六回は厠（かわや）に通う日もあり、夜もろくに眠れない。

夫は月末に小康を得たが、入れ替わりに馬琴が同じ病に倒れた。

片目の光を失い、歯はすでに総入れ歯だ。六十八歳という年齢もあろうが、馬琴もまた、恵まれた体格のわりには頑健とは言えず、ちょくちょく調子を崩す。ただ寝付くことは滅多になく、これほどの大病は、嫁いで幾月か後に、お路が家出をしたときくらいか。あのときは父のために、宗伯は妻を連れ戻しにきた。思い返すと、何やら懐かしい。

当時はまだ覚束（おぼつか）なかったが、病人の世話にかけて、お路はすでに玄人だ。

夫に続き、お路は舅をつきっきりで看病した。その最中に、たまたま母のお琴が訪ねてきたが、看病疲れでげっそりした娘を見て、ひどく驚いた。

「まあまあ、何てこと。せっかくの器量良しが、台無しじゃないか」

「実の娘に向かって、やめてちょうだいな」

「なに言ってるんだい。うちの娘たちは、近所では評判の美人姉妹で通っていたじゃないか。母さんの自慢だよ」

土岐村の姉妹は、色白で見目が良いと、たしかによく褒められた。兄の元祐もまた、優男風の男前だった。

ただ、お路は昔から、顔や器量をとやこう言われるのが嫌いだった。

ひとつには、ふたりの姉の容姿には敵わないとの引け目がある。ことに亡くなった次女のお伊保は、ひときわ華やかな美人と謳われた。また長女のお静は、容姿こそ次女には劣るが、明朗で人を飽きさせない話術を備え、男たちに人気があった。

そんな姉たちが傍にいては、容姿を褒められても世辞にしかきこえない。女として恵まれた生を、存分に謳歌する姉たちを、一歩引いたところからお路はながめていた。

冷めた視線は、疑問を生み批判を育て、孤独を招く。

己が欲しいものは着物でも簪でもなく、夢中になるのは芸事でも芝居でもない。では何を望むのか？　異性の情か、暮らしの安寧か、どちらもぴんとこなかった。

しばしば女らしくないと咎められる意固地や負けん気は、そうして培われたものかもしれない。世間のあたりまえに、唯々諾々と従うことには抵抗があった。

「まだ若いってのに、こんなに老け込んじまって……あんたはまるで、病人の世話をするために、この家に嫁いだようなものじゃないの」

母は明け透けな人だが、悪気はない。長女のお静は富裕な町人に嫁ぎ、早逝した次女のお伊保も、生前は落ち着いた暮らしぶりだった。くらべて末娘は苦労が絶えず、その落差が母にはいたわしく映るのだろう。

だが、不憫(ふびん)だ哀れだと同情されても、心は少しも動かない。お路はすでに幼子ではなく、一家の主婦なのだ。足場を築くとは、つまりはそういうことだ。

傍目(はため)にはどんなに哀れに映ろうと、ここには自分にしかできない役目があり、お路が去(い)ねばたちまち困る者たちがいる。

それこそが長年、求め続けていたものではなかろうか。お路は初めて、頭で理解した。

「あたしは大丈夫。からだの丈夫は、あたしの取柄だもの」

「でもねえ、お路、母さんはやっぱり心配だよ」

母の案じ顔をさえぎって、お路は話題を変えた。

「あたしにしてみれば、父さんと兄さんの不仲の方が心配よ。お互い意地の張り合いは、やめればいいのに」

「ああ、それなんだがね、良い方に転じるかもしれないよ。神田駿河台(するがだい)にいい家を見つけてね、引っ越すことにしたんだ」

武家屋敷内の借地に建つ家を、買い取る算段がついたと明かした。いわば滝沢家と同様で、家も庭も十分な広さがあるという。

「父さんとあたしだけじゃ広過ぎるからね、元祐たちを呼んで同居するつもりなんだ」

「兄さん一家と、一緒に暮らすですって？」

それだけで、嫌な予感に駆られた。父と兄に留(とど)まらず、母と兄嫁の相性も最悪なのだ。いまにも弾けそうな火種を、わざわざ家に持ち込むようなものではないか。

「悪いことは言わないわ、それだけはやめておいた方が……」

「だって元祐が継いでくれなけりゃ、土岐村の家が絶えてしまうじゃないか」

「それはそうだけど……」

土岐村家はお琴の実家であるだけに、この難題を見過ごしにはできぬようだ。

祖父はお路が生まれる前に亡くなっていたが、身分は検校(けんぎょう)だった。

盲人に与えられる最上位が検校であり、土岐村家の裕福は、亡き祖父が築いた財のおかげだった。お琴はこの父を誇りに思い、思慕の情も厚い。亡き父の三十七回忌に剃髪して、琴光を名乗るようになったのがその証しだった。ちょうどお路が嫁いだ年に重なり、子供から手が離れたことも理由のひとつだろう。とはいえ尼になっても、快活で明けっ広げな性質は変わらず、尼僧らしさには甚だ欠ける。

何にせよ、土岐村家を継ぐ立場にいるのは、兄の元祐ただひとりだ。母の懇願に負けて、また四十を前にして父への寛容も芽生えたか、後に兄は同居を受け入れた。

「孫たちと一緒に暮らせるなんて、楽しみだねえ。年寄りふたりじゃ、やっぱり寂しくてね。来年からまたにぎやかになるよ」

母の楽しみに水を差すつもりはないが、お路の中の不安は消えなかった。

「お路、ちょいといいかい？　先生の夕餉をどうしようか、相談したくてね」

お百が廊下から顔を覗かせた。夕餉の相談は、単なる方便であろう。おそらくは長っ尻を据えるお琴に業を煮やし、馬琴がお百に命じたに違いない。床に就くあいだすら、馬琴はこの家の隅々まで目付を怠らない。そろそろ話を切り上げろとの催促であろう。

「ごめんなさい、母さん、今日はゆっくりできなくて。また今度、話をきかせて」

早々に帰るよう促して、母の重い尻を上げさせた。

「それじゃあね、お路、くれぐれも無理はするんじゃないよ」

しっかりやれとも頑張れとも言わない。それが土岐村の家の、両親の流儀だった。

いまにして思えば、それだけは子供にとってはありがたい。

無暗(むやみ)な励ましの言葉は、いまの努力を不足だというに等しいからだ。

『おまえは十分に頑張っている。からだだけは気をつけて』

言外の意味をそうとって、母の背中を見送った。

いつのまにか母の背中は、ずいぶんと小さく頼りなくなっていた。


七月半ば、ようやく馬琴は床上げに至ったが、まるで父の快癒を待っていたかのように、ふたたび宗伯の病がぶり返した。やはり水瀉がひどく、ひと晩に十回以上も厠に立つ。

加えてお百までが風邪を引き、看病人のお路はてんてこ舞いだった。

『あんたはまるで、病人の世話をするために、この家に嫁いだようなものじゃないの』

いまさらながらに母の言葉が、重く胸に応える。

幸い姑(しゅうとめ)の風邪は軽いもので、すぐに良くなった。対して宗伯は、半月以上も病臥(びょうが)

した。

宗伯の場合、ある意味いつものことだ。お決まりのように年に一度は大病のたぐいに罹り、しばし床に就く。世話は大変ながら、またかとの感が強く、お路はさほど気にしていなかった。

馬琴もまた完全に快癒したとは言い難く、時々、水瀉に襲われながらも執筆を続けた。宗伯の助けが見込めず、いっそう難儀しているのは見てとれたが、これぱかりはお路も手伝いようがない。

互いに慌しさに紛れるうちに、またたく間に秋は過ぎ、冬になった。

ある日、お幸に乳を含ませているところに、お百が来た。常なら用事を言いつけるか、興奮ぎみに何かを訴えるか、甚だ騒々しい姑だが、少々ようすが違った。

何も言わず、火鉢を挟んだ向かい側に腰を落とす。孫を抱いた嫁の方は見ず、じっと火鉢の中に目を落とす。

「どうしました、お姑さん。何か気がかりでも？」

応えは返らず、妙な静けさだけが座敷に満ちる。昨日から太郎がいないために、家の中はひっそりしている。両親と兄夫婦は、すでに駿河台で同居を始めていた。太郎は駿河台の実家に泊まっており、明日、帰ることになっていた。

孫がいなくて、寂しいのだろうか？　そうも思ったが、どうもようすが変だ。もう一度、声をかけようとしたとき、お百が顔を上げ、嫁と目を合わせた。

「鎮五郎は、大丈夫かねえ」

「今日も臥せっておりますから、大丈夫とは言いかねますが」

「病と縁が切れないのは、昔からだけどさ……このところは、ことに悪いだろ？　いままでとは違うようで……怖くてさ」

　はっとして、咄嗟に顔を伏せた。動揺を悟られたくなかったからだ。お百が口にした怖さは、お路も密かに感じていた。日々の忙しさにかまけて気づかぬふりをしていたが、部屋の隅に風呂敷で覆って隠していたものを、いきなり引きずり出されたような気がした。

「寝たり起きたりも元からだがね、だんだんと床にいる日の方が長くなってるじゃないか。寝付いたまま枕が上がらなくなって、そのまま逝っちまったらどうしようって……」

　深いしわの間から覗く目に、涙を浮かべた。老いた母にとって、息子が先立つかもしれないとの憂いは、何物にも勝る恐怖であろう。

　娘を抱く腕に、自ずと力が入る。口から乳首が外れたらしく、お幸が手足を動かして不満を訴えた。ふたたび含ませると、満足を伝えているのか、つぶらな瞳が母に注がれた。

このたしかな重みが、ふいに消えてしまったら——思うだけでもたまらない。

「心配ありませんよ、お姑さん。旦那さまは、病とのつき合いようを心得ていますから」

気休めとは知りつつ、言わずにはおれなかった。

「たしかにねえ……どうしてもっと丈夫に産んであげなかったのか、それっぱかりはいまでも悔いているよ。娘たちはあんなに達者だってのに、どうして鎮五郎だけが貧乏くじを引いちまったのか。産んだ身としちゃ、ただただすまなくってねえ」

嫁いだ三人の娘は、病とは無縁だった。唯一の男子たる宗伯だけが、姉妹にかかる病魔を、ひとりで肩代わりしているようだ。

腹痛や水瀉だけでなく、頭痛、口痛、喘息(ぜんそく)、痰咳(たんせき)、眼病、さらには脚気(かっけ)と、頭から爪先まで、あらゆる疼痛(とうつう)と不調を網羅している有様だ。

ただ、仲がよかったはずの病が、いまは確実に夫のからだを蝕(むしば)んでいる。

寝たり起きたりは相変わらずなれど、重なるごとに目方が削(そ)がれ、顔色も芳しくなく、手足の力も衰えてきていた。

睦まじいとは言えないまでも、お路は妻だ。やはり同じ不安は抱えていた。しかし妙なことに、もしも夫が死んだらと、不思議とその考えには至らなかった。やはり妻より長い年月、病気と連れ添ってきた夫を過信していたのかもしれない。

「いまは寒い時節ですから、旦那さまもお辛いでしょうが、春になればきっともち直しますよ」

「ああ、そうだね」

唇の両端でおざなりな笑みを浮かべながら、お百の目から物憂い影は去らなかった。

その年の冬は、ひときわ寒気が厳しかった。

宗伯の半起半臥は変わらず、緩い坂道を下ってでもいるように、病状は少しも上向かない。それでも調子の良いときは、植木屋を差配したり、犬に噛み破られた門の大戸を自ら修繕したり、師走には体調が芳しくないにもかかわらず、煤払いにも加わった。お路は止めたが、宗伯はきき入れなかった。

「飯田のお義兄さんも手伝ってくださいますし、無理はなさらない方が……」

「何を言うか。煤払いは大事な催し事であるからな、休むわけにはいかぬわ」

煤払いは単なる大掃除に留まらず、正月を迎えるためには欠かせない年中行事である。

十二月十三日、武家や町家を問わず一斉に、家族総出で行われる。

ひと間きりの裏長屋でもない限り、一日では終わらない。滝沢家でも五日頃から少しずつ下掃除を施し、宗伯は姉婿の清右衛門やお路とともに立ち働いた。

煤払いを終えた十三日の晩は、町屋では酒肴がふるまわれ、どんちゃん騒ぎのにぎやかな祝宴となるのだが、謹厳を旨とする滝沢家においては無縁の風習だ。

宗伯は家の仕事は小まめにこなしたが、肝心の御殿医としての役目は果たせなかった。脚気が進んだために下肢のむくみがひどくなり、出歩くことが困難になったのだ。松前家から出仕を乞われても応じられず、正月の挨拶すら出向くことができなかった。

大晦日の午後のこと、お路は掃除を終えると、姑の部屋へ急いだ。嫁の話に、お百はたちまち興奮した。

「何だって！　本当なのかい、お路？」

「はい、お姑さん。あたしもたいそう驚きましたが……」

と、お路は姑に仔細を語った。さきほどお路が、客間を掃除していたときだった。

客間は狭い三畳間ながら、弁財天を収めた厨子が置かれている。乾いた布で念入りにきた。

厨子の表を拭き清め、裏に手を伸ばしたときだった。厨子の陰から何かが這い出してきた。

ふいであっただけに、短いながらもけたたましい悲鳴を上げる。

厨子の裏から半身を覗かせたのは、一尺ほどの小蛇だった。

やや緑がかった茶色い鱗の蛇で、お路の声に驚いたように、一瞬のうちに厨子を離れ、するすると畳を這って、開け放した障子から外へ逃げた。急いで追うと、蛇は庭ではなく、縁の下へと潜っていった。

「蛇が厨子の陰から出てくるなんて、間違いなく吉兆じゃないか！　鎮五郎の信心に、弁天さまが遣わしてくれたに違いないよ」

馬琴とお百は、滝沢家の鎮守たる神田明神と妻恋稲荷を信奉しているが、宗伯はそれに加えて、不忍池の弁財天を厚く信仰していた。弁財天を収めた厨子も、やはり宗伯が大事にしていた。

「そればかりじゃありませんよ、お姑さん。旦那さまの本棚の下からは、家守が這い出てきたのです」

「大晦日に、蛇と家守が揃うとは、まさしくお告げに違いないよ。来年には鎮五郎の病が治るという、神さまのお告げだよ」

「ええ、そのとおりですとも。来年は良い年になりそうですね、お姑さん」

お百の目に明るい光が灯るのは、久方ぶりのことだった。やはりこうして良かったと、密かに安堵する。

蛇や家守は、いずれも家を守るとされて、吉祥と喜ばれる。

実を言えば、話を少し盛ってある。蛇と家守を見たのは、決して嘘ではない。ただし、蛇がいたのは別の部屋の、簞笥の陰である。見つけたときの驚きや、縁の下に潜っていった顚末は本当だが、箔をつけるために簞笥を厨子に置き換えた。また家守を見たのは、今日ではなくだいぶ前だ。ついでに本棚は本当だが、宗伯の書棚ではなく馬琴の書架の下から這い出てきた。

神仏をだしに使うのは、罰当たりだろうか？　それでもお路は、すっかり消沈しているお百と、そして当の宗伯に、新年への明るい望みを持たせたかった。

信心深さにかけては、馬琴も妻に劣らない。

嫁が語った蛇と家守の話は、この年の馬琴日記の最後に記された。

年が明け、水がぬるむ頃になると、蛇と家守のお告げがようやく効いてきた。

　三月になると、宗伯の病状は少しずつ上向き、四月には足腰に力が入るようになった。

　ちょうどようす伺いに、松前家の家臣が来訪したが、四月下旬には出仕いたしますと宗伯はこたえた。

四月半ば、初夏らしいさわやかな上天気に引かれて、最初に言い出したのはお百だった。

「鎮五郎の病が、峠を越えたからね。弁財天さまに、お礼に行かないと。太郎も連れていくつもりだが、お路もどうだい？」

お百は常日頃から、孫を連れてたびたび外出する。神田明神下の我が家から不忍池までは、たいした距離ではない。姑にうなずいて、三歳のお幸も連れていくことにした。

　相談がまとまったところに、宗伯がやってきた。未だに病み上がりの体ではあるが、今日は体調が良いようで顔色も悪くない。

「ならば、私も行こう。弁天さまに、直々にお礼を申し上げたいからな」

「よろしいのですか？　まだ、無理をなさらない方が……」

「月末には出仕せねばならぬしな、足慣らしにはちょうどいい道程だ」

宗伯も同行することになり、お路はさっそく太郎に伝えた。

「え、父上も一緒に？　みんなで出掛けるの？」

うわあい、と太郎がとび上がる。不忍池は、太郎にはさしてめずらしい場所ではない。長男の喜びようは、お路には意外なほどだった。

宗伯はお幸を溺愛する一方で、太郎には跡取りとの建前が先に立つのだろう。馬琴との間柄を真似るかのように、どこかよそよそしく映るほど、節度のある態度を崩さなかった。親子といえど礼をわきまえるのが武家のしきたりだと、思い込んでいる節もある。

どちらにせよ、太郎にとっての父親は、決して近しい存在ではなく、日頃は特に慕うようすも見せない。父が長らく臥せっていたのは、やはり大きな不安であったのか。どんなに薄い間柄であっても、太郎にとっては、たったひとりの父親なのだ。長男の気持ちが、いまさらながらに思い遣（や）られた。

今日も執筆に忙しい舅に留守を頼み、女中を残して一家は家を出た。

薫風はまさに青葉の香りに満ちて、実に気持ちのいい午後だった。不忍池の蓮（はす）は、まだ蕾（つぼみ）さえつけていないが、天に向かって開いた丸い葉は、新緑を映したように青々と生気を放っている。

池の東側から伸びた小道を伝い、中之島へと渡り、弁財天に参拝した。そこから先は、太郎が主役である。

「父上、見て！　蓮の下に、鯉がいっぱいいるよ。ほら、水面で口がぱくっとした。母さん、見える？」

「はいはい、ちゃんと見えますよ」

「お幸には、見えるかな？　母さんの背中越しでは見えないかな？」

長男なりに精一杯、気を遣っているのだろう、いつも以上に太郎はかしましい。鯉も亀も鳥も花も、決してめずらしいものではないのに、目についたあれこれをいちいち口にする。

お幸は満年齢で、一歳と八月。歩きもだいぶ達者になったが、うろうろされるとかえって危ない。用心が先に立つ宗伯の言で、池に着いてからはお路が負っていた。

「おばあちゃん、お幸は起きてる？」

「ああ、ぱっちりと目を開けているよ。そろそろ乳を欲しがる頃だね。太郎もお腹がすいたんじゃないかい？」

「うん！　お団子が食べたい。あ、やっぱりお饅頭の方が……それとも、黄粉餅かな」

悩む孫の手を引いて、お百が歩き出す。お幸も相応に重くなった。うんしょと弾みをつけてずり上げると、夫の声がかかった。

「どれ、私が代わろう」

「旦那さまが、背負うのですか？」

「ああ、たまにはよかろう」

たまにどころか、子供の世話を買って出るなぞ初めてだ。びっくりして、思わず声になった。出先で寝こけてしまった太郎や、長女のお次を背に乗せて帰ったことはあるが、それも数えるほどで、以前は抱くことすら嫌がっていた。

どういう風の吹きまわしかと、首を傾げそうになりながらも、負い紐を解いて娘を夫に託す。背負いようもどこかぎこちなく、お幸が機嫌を損ねるのではないかとお路は案じたが、母の背より高い場所が気に入ったのか、きゃっきゃとはしゃいでいる。

「ずいぶんと、重くなったのだな」

「もう三歳ですからね」

「そうか、早いものだな……」

顔を上げ、水面に弾かれる日の光に、眩しそうに目を細める。

「そういえば……初めて会ったのは、あの辺りか」

宗伯は池ではなく、その向こうをながめていた。池之端の家並みが見える。三つ四つ数えるほど間があいて、ああ、とお路はようやく察した。

「見合いのことですか？　たしかに、あの辺りの茶屋でしたね」

似たような店がひしめいているだけに、正直、どの店かすら定かではない。

「おまえは、どう思った？」

「何をです？」

「その……私のことを、どう見たのかと……」

「……真面目そうな方だなと」

それより他に、言葉にしようがない。実のところ、人気戯作者の息子ときいて、もっと遊び人風の男ではないかと侮っていた。しかし当人は見るからに堅物で、お路の予想は裏切られた。結婚して、別の意味で裏切られはしたものの、律儀者だというところは眼鏡通りだった。

「それだけか？」

「はい、それだけです」

少し不満そうな顔はしたが、文句をつけることはなかった。

「てっきり、馬琴の息子という肩書に釣られて、嫁に来たものと思っていた」

「釣られたのは、見合いまでです。その肩書で驕るような調子者なら、お断りしていたと思います」

そうか、と背中の娘を肩越しに見遣る。

「あーしゃん、あち」

いまひとつ意味は通じないが、よくしゃべるようにもなった。あーしゃんとは母さんのことだが、それでも宗伯はふっと微笑した。一緒になって八年が経つが、こんなに穏やかな微笑を、初めて見たような気がする。

何故だか、どきりとした。ときめいたのではなく、冷たい怖さを伴った怯えがわいた。

「お幸は、おまえに似ているな」

「ええ、目許の辺りが少し」

「大きくなったらきっと、母に似て美人になるな」

「美人て……私がですか？　そんなこと、これまで一言も……」

「見合いの席で、思うただけだ。縁づいてみれば、とんだ跳ね返りであったがな」

思わずまじまじと見詰めると、夫はぷいと視線を逸らした。らしくないと、己でも気づいたようだ。弁天堂の前から、足早に離れた。

「父上、母さん、早く早く！　お団子、食べようよ！」

池にかかる細い参道の先から、太郎の声がした。


一家は、池之端の茶店でひと休みした。いつもなら道に面した床几に腰かけて済ませるところだが、宗伯が埃っぽいと厭うて、小上がりに席を占めた。とはいえ個室ではなく、大きな座敷を衝立で仕切っただけの席だ。何とも騒々しく、宗伯は居心地が悪そうだった。

太郎は団子を頬張り満足そうで、お百も終始機嫌が良かったが、夫と娘はそうもいかなかった。お幸はにわかにむずかりはじめ、はばかりない声で泣きわめいた。女たちは慣れっこだが、宗伯はきまりが悪くてならないようだ。

「しばし外に出て、疳の虫を収めてきなさい」

と、あたりまえのように娘を、妻に託す。不機嫌な子供は、はなから手に負えない代物のようだ。仕方なく娘を抱いて、お路は外に出た。

「はいはいはい、何が気に入らないの？　繦褓も濡れてないし、お乳も飲んだでしよ？　ただ泣きたいだけかもしれないね、そういうことってあるものねえ」

泣きじゃくる娘の背をとんとんたたきながら、他愛ないことを話しかける。しばし池をながめながら、行きつ戻りつした。日の傾き具合からすると、八つ時を半時過ぎたくらいか。湿っぽさがなく過ごしやすいが、四月にしては日差しがきつい。

こんなに日を浴びたのは、夫には久方ぶりではなかろうか。加えて、太郎につき合ったり娘を抱いたりと、あの夫にしては大奮闘だった。そろそろ疲れが出てもおかしくない。

ふと、そんな危惧を抱いたとき、茶店から太郎が走り出てきた。

「母さん！　父上が、父上が！」

いまにも泣き出しそうな息子と一緒に、慌てて茶店の小上がりに戻った。

宗伯の顔色は、土気色に様変わりしていた。苦しそうに肩で息をする。

「どうしちまったのかねえ、急に具合が悪くなって……」

お百はおろおろしながら、息子の背中をさする。

「おそらく、疲れが出たのでしょう。駕籠(かご)を呼びます」

「いや、大丈夫だ……歩いて帰る」

宗伯は駕籠酔いもしやすいたちだから、避けたのだろう。少し横になるよう勧めたが、座敷の騒々しさを厭うてか、すぐに店を出ると言い張った。勘定を済ませて外に出る。

「肩をお貸ししましょうか」

お路の申し出にも、人目をはばかってか首を横にふる。

「たいした道程ではないから、大丈夫だ」

虚勢を張ったが、何度も足を止めて休息をとる。

祖母に手を引かれた太郎は、そんな父の姿を心配そうに見つめていた。泣くのを堪えているのか、ものすごいしかめ面だ。

「大丈夫よ、太郎。父上は少うし、疲れてしまっただけだから」

娘を背に負ったお路は、息子の肩を抱き寄せて、小声で語りかける。

「ほんと？」というように、太郎が母を仰ぎ、お路は微笑(ほほえ)みながらうなずいた。

お路の嘘に勘づいたかのように、背中のお幸が大きく身じろぎし、小さな足がお路の腰を蹴(け)った。

その日から宗伯は、急速に衰えていった。

床から離れることができなくなり、急な胸痛で苦しみ悶(もだ)えることもあった。

二十日ほどが過ぎ五月に入ると、からだを動かすこともできず、寝返りすら打てなくなった。一日ごとに弱ってゆく夫に、お路はずっとつき添っていた。

白湯さえ満足に喉を通らず、下の世話をしても、すでに出るものすらない。

ふと、奇妙な感慨がわいた。こうして夫を看病したひと時は、合わせれば途方もない嵩になろう。病人の世話をするために嫁いだとは、言い得て妙だ。

その甲斐もなく、夫は限りなく死に引き寄せられている。この八年のお路の努力は、すべて無駄だったとも言えよう。

けれど、それをひっくり返すと、別の事実が見えてきた。

これほど夫と長の時間、顔をつき合わせてきた妻は、他にいるだろうか？

たとえば、同じ商売に励む夫婦なら、共に過ごす時は相応だろうが、それはあくまで仕事であり、夫婦の時間とは言いかねる。宗伯とお路は、決して気の合う夫婦ではない。互いに顔を見るだけで、うんざりするような間柄だ。

それでも看病という形で積み重ねてきた、夫婦水入らずの時の長さに、何の意味もないのだろうか？

夫の唇が動き、何か言った。かさかさに乾いた唇は妙に腫れぼったく、お路は濡らした布を当てて水を含ませた。

「母さんを……呼んでくれ」

すっと、首筋が冷えた。もう、駄目なのだ——と、唐突に悟った。

まるで蜻蛉のごとく儚い。蜻蛉は成虫としての生を、たった一日で終える。

それまでは、ほんの一分でも、またもち直すのではないかとの期待があった。病とのつき合いは長いだけに、勝たぬまでも負けない方法を知っているのだと、どこかで楽観していた。だが今度こそ、勝敗がつく。

健康なお路には、病身の辛さは計りようがない。気の毒には思えても、当人のやるせなさまでは汲みとれない。ただここに来て、その端っこだけを齧り、その味が伝わったような気がした。

並より劣る働きしかできない焦りは、たいそう塩辛く、身内の重荷にしかならない疚しさは、この上なく苦い。いったい何のために生まれてきたのかとの自問は、きついほどの酸いを伴っている。

このような侘しい味を、絶えず嚙みしめてきたのかと思うと、にわかに憐れがわいた。

「すぐに、呼んで参ります」

夫の病床から中座して、姑を呼びにいった。

息子の枕辺に座ったお百は、髪もろくに梳いておらず、自らが病を得たようにいっそう老け込んでいた。嫁や女中がつき添えない折には看病にあたり、また毎日のように神田明神と妻恋稲荷に詣で、息子の快癒を祈り続けていた。

宗伯が何か言い、お百が耳を息子の唇に寄せる。漏れきこえたのは、母への感謝と詫びの言葉だった。

「孝行……できなくて、すまない、母さん」

「なに言ってるんだい！　おまえはあたしの、たったひとりの息子じゃないか。生まれてきてくれただけで、もう十分に孝行は果たせているんだよ。だから、鎮五郎、頼むからあたしより先に逝かないでおくれ！」

お百が布団に突っ伏して、泣き崩れる。ふたりきりにさせてやろうと、お路はそっと座敷を出た。お百の気持ちばかりは、お路にも痛いほどにわかる。万が一にでも、太郎が自分より先に逝ってしまったら――想像することさえ恐ろしい。

廊下を進み、その角からぼんやりと庭をながめた。とうに日は落ちて、月も出ていない。見るものは闇しかなかったが、遠くから夜の鳥の鳴く声がきこえた。

神田塗師町の実家にいた頃は、下町だけに、日が落ちた後も人声が響いてきた。対してこの辺りは武家屋敷が多いだけに、夜になるといっそうひっそりしている。同じ神田明神下でも、反対の南側には町屋がひしめいて、趣がまったく違う。

意外にも馬琴もまた、町屋暮らしを気に入っていた節がある。

いま義姉(あね)夫婦が住んでいる飯田町の家は、町屋の真ん中にある。

義姉や姑の話によれば、馬琴はその頃の方が、よほど人付き合いがよかったそうだ。いまほど売れっ子ではなく、執筆に余裕があったためもあろうが、買物なぞにも自ら出向き、店や近所の者たちとも案外親しく口を利いた。

未だに日用のあれこれを、飯田から調達しているのもそれ故だ。

いまのご近所といえば武家か、滝沢家と同様に、武家屋敷の内に間借りする家に限られる。そして強固なまでに武家にこだわっているくせに、馬琴は彼らとはいたって馬が合わない。年中、小さな諍(いさか)いが絶えず、馬琴は口にこそ出さないものの、しょっちゅうこめかみに青筋を立てている。

思えば曲亭馬琴とは、おかしな男だ。

武家を自負しながら、その社会には馴染みきれず、受け入れてくれる下々には、あえて背を向ける。ひどく複雑に枝がこんがらかった、老木のようだ。自分は杉のごとく真(ま)っ直(す)ぐ立っているつもりだろうが、傍目(はため)にはとてもそうは見えない。

戯作者故の曲がりようなのか、あるいは曲がりがあるからこそ戯作者になったのか。

その曲がりにこそ、宗伯は憧れていたのかもしれない。

だが当の馬琴は、真っ直ぐ育てようと心を砕き、そこに歪みが生じる。父の言うとおりに成長したのに、理想とする父とは程遠い己がいる。

死の間際になって、宗伯は暗い物思いからようやく解放される。母への詫びが、その証しだった。

障子の開く音がして、お百が廊下に出てきた気配がする。お路は声をかけた。嫁に気づき、ひどく疲れた足取りで歩いてくる。

「冷たくして悪かったとか、大事にせずすまなかったとか……親子だってのに、いまさら水くさいじゃないか」

お百は常のとおり、いきなりしゃべり出す。お路は黙ってきいていた。息子の枕元でたっぷりと泣いたらしく、声はしゃがれていた。

「下町育ちで品も学もない。そんな母親を、あの子は恥じていた。そのくらいは承知していたさ。でもね、そんなこと、どうだっていいんだ。鎮五郎はいつだって、あたしの自慢の息子だった。まさかあたしの生んだ子がお医者になるだなんて、夢にも思っちゃいなかったよ。それっぱかりは、うちの人に礼を言いたいね。とんびが鷹を生んだんだ。母親として、これ以上の誉は……」

嗄れた声が途切れ、崩れるように廊下に膝をつく。くぐもった嗚咽がこぼれた。

「なのに……あんまり酷いじゃないか。どうしてあたしから、鎮五郎をとり上げようとするんだい。いくら馬鹿にされても罵られても、あたしはあの子の傍にいたいんだ！　それだけが、あたしの生きるよすがだってのに、どうしてそれを奪っていくんだい……どうして……」

かける言葉が見つからなかった。お路はただ、骨ばった老母の肩を撫でることしかできない。

「お姑さん、今夜はもう、お休みになられた方が……後は私がついていますから」

「もし……もしも何か、変わったことがあったら……」

口にしたことが恐ろしくなったのか、ぶるっとお百が身震いする。必ず知らせると、お路は請け合った。

「お路、鎮五郎はおまえにも、話があるそうだ。きいてあげておくれね」

わかりました、とうなずいて、自室に下がる姑を見送った。

病人の部屋に戻ると、夫は目を閉じていて、眠っているようにも見えた。

行灯(あんどん)の頼りない光が影を作り、薄い皮膚の張りついた顔は、髑髏(どくろ)を思わせる。

ふと、ひやりとしたが、お路が枕辺に座ると、宗伯は目をあけた。

「お水、飲みますか？」

「いや、いい……それより、話がある」

妻にもやはり、詫びと謝辞をくり返すのだろうか。それはあまり、ききたくない。いまさら、との思いもあるし、ずっと敵のように憎み合ってきた夫婦だ。弱音を吐かれるのは、かえって辛かった。

「私が死んだら、お路……おまえは、他家に縁づいて構わない」

え、と目を見張った。思いがけない言葉でもあったが、いまのいままで、夫の死後のことを考えてもみなかった。呑気(のんき)な己に、初めて気づいた。

「おまえは、まだ若い」

「もう三十路(みそじ)ですよ」

「貰(もら)い手はあろう……黙っていればな」

冗談のつもりだろうが、すでに笑う力もないようだ。少し話すだけで息が切れるのか、休みながら話を継ぐ。お路は顔を近寄せて、夫の唇が動くのを待った。

「ただ、もうしばらくは、この家に留まってくれないか？」

再縁しろと言いながら、留まれと言う。どちらだろう、とお路は眉間をすぼめた。

「父や母は年老いて、子供らはまだ幼い……二、三年でいい、二年経てば太郎も十歳だ。それまでで良いから、おまえに後を託したい。頼む、お路……頼む！」

ぼんやりと遠くを彷徨(さまよ)っていた瞳が、そのときだけは焦点を結んだ。

強い光が、お路を捉えて離さない。これは、執着(しゅうじゃく)だ――。妻への、お路への拘泥だ。他所(よそ)の男に嫁げとは、あくまで口だけだ。布団から伸びた夫の手が、お路の腿(もも)を摑(つか)んだ。腕は枯れ枝のようなのに、意外なほどに力がこもっていた。もしも膂力(りょりょく)が残っていれば、お路の腕を摑んで、あの世まで引きずっていきそうだ。

強い気持ちに、心が揺さぶられた。歓(よろこ)びと恐れが、ないまぜになって流れ込む。からだの快感に近いものが駆け抜けて、一瞬、陶然となった。

「頼めるか、お路……」

すぐにこたえは出ず、お路にとっては、この先の人生を左右する。内心では決めかねていたが、これはいわば、夫から妻への遺言だ。この場では、うなずくより他になかった。

「わかりました……仰(おっしゃ)るとおりに致します」

これほど素直に夫に従ったのは、初めてかもしれない。いつもは同じ台詞(せりふ)でも、不満や反抗を隠そうともしなかった。妻から夫にかける、最後の情だった。

宗伯は、翌一日をどうにか凌(しの)いだが、二日後の朝、家族に看取(みと)られて息を引きとった。

最後に馬琴の手をとって、父への感謝を告げたのが、末期の言葉となった。

享年三十九歳の、短い生涯だった。

ようやく病苦から解き放たれて、夫の死に顔は安らかだった。

太郎が大きな声で泣き出したが、お百の悲鳴じみた声にかき消された。

五　禍福

　葬式というものは、遺族をいつまでも悲しみに浸らせず、無理やりにでも現実に立ち戻らせるために、設けられた儀式ではなかろうか。

　ことに馬琴とお路は、ろくに悲しむ暇もなく、親類縁者へ知らせ、通夜と葬式の仕度にかかった。お百ですら翌朝には、涙をこぼしながらも湯灌（ゆかん）や着替えなどを手伝って、帷子（かたびら）や十徳（じっとく）を、物言わぬ息子に着せた。

　棺（ひつぎ）は身分にかかわりなく座棺を用いる。庶民は桶形（おけがた）の早桶を使うが、武家などでは木箱の形の座棺で埋葬した。

　宗伯は早朝に息を引き取り、夕刻には入棺を行った。義兄（あに）の清右衛門ら男たちが、遺体の手足を曲げて棺に座らせ、刀や鏡、硯（すずり）や煙管（きせる）などを共に納める。

　知らせを受けて縁者や知人が次々と通夜に訪れ、家の内はたいそうな混雑ぶりだった。

　お路はその晩、宗伯の妹とともに棺の傍（そば）で一夜を明かし、舅姑（きゅうこ）には休むよう促した。

一睡もできなかったのか、ふたりは翌朝、憔悴しきった顔で起き出してきた。

お路はといえば、舅姑を労わる余裕すらない。その日は朝から葬儀の準備に追われて、馬琴とともに忙しく立ち働いた。寺に葬儀の段取りをつけ、葬送につき従う人足を手配りし、位牌や香炉など道具が足りなければ他家に借りに行き、人足に着せる麻裃まで仕度せねばならない。

どうにか仕度の目途が立ったのは、日暮れ時だった。さすがにぐったりして座り込みそうになったが、その折に新たな客が訪れた。お路が玄関に行くと、涼やかな顔立ちの侍が立っていた。

「まあ、渡辺さま……いらしてくださったのですか」

宗伯の友人である絵師、渡辺崋山だった。

「遅くなって申し訳ない。宗伯殿は、それほどにお悪いのか？」

「……え？」

一瞬、絶句して、相手を見詰めた。崋山は未だ宗伯の死を知らず、弔問のために駆けつけたわけではなさそうだ。

「馬琴先生の文で、芳しくないと伺いました。屋敷の内で手違いがあったようで、今日まで私の許に、文が届かなかったのです」

息子がいよいよ危ないと悟って、馬琴は死ぬ二日前、田原藩の上屋敷に宛てて文を送った。崋山は田原藩で家老を務めていた。

「主人は昨日の朝、亡くなりました。明日が葬式で……」

伝えると、今度は崋山が言葉を失った。驚愕と悲嘆が、素直に顔に出る。

「そんな……逝かれたとは夢にも……」

身内以外で、これほど宗伯を惜しんでくれる者は他にいまい。病弱のためもあったが、父親以上に人づき合いを苦手としていた。

崋山は型通りの悔やみを述べてから、じっと何事か考えている。

「宗伯殿の仏は、いまどちらに？」

「すでに棺に納めて、奥の座敷に……」

「仏の顔を、拝してもよろしいか？」

崋山との対面なら、夫もきっと喜んでくれよう。そうこたえて、客人を中へ通した。

「おお、登殿！　来てくださったのか」

「せっかくお知らせいただいたのに、間に合わず……悔やんでも悔やみきれません」

馬琴が迎え、崋山は心からの悔やみを告げた。馬琴が崋山を呼んだのには理由があった。

「逝く前に、せめて息子の絵姿を残したいと、不躾ながらお呼び立ていたした。登殿がお忙しいのは先刻承知。文が今日になって届いたのも、胸の内に姿を留めよとの、息子の存念かもしれませぬ」

崋山を責めることはせず、葬儀への参列を促した。しかし意外にも崋山は、諦めてはいなかった。

「先生、私もやはり、宗伯殿の姿を紙に留めたい。筆や硯を、お貸し願えませぬか」

「もしや、登殿……死に顔を写して、絵に起こすと言われるか？」

「さようです。むろん描くのは、達者でいた頃の宗伯殿ですが……それがしは当人を間近に見て、目鼻立ちを克明に捉えるのが身上です。生前とは異なりましょうが、やはり顔を拝みながら描きたいのです」

他の者なら決して許さなかったろうが、崋山はいわば宗伯にとって、唯一無二の友人に等しい。馬琴は快く、絵師の願いを受け入れた。

筆と紙、墨と硯を用意させ、まだ釘を打ちつけていない棺の蓋を開かせる。

中には死装束を身にまとい、足を曲げた格好で棺の一辺に背を預けた遺体があった。深く俯いているように、頭は垂れて顔は見えない。

「仏の顔を、仰向けてもよろしいか？　それと、顎や鼻の形を確かめるために、できれば顔に触れたいのですが」

馬琴はその求めにも、ためらうことなく許しを与えた。

崋山は右手を伸ばし、死者の左の頬を包むようにして仰向かせる。ただでさえ顎の長い細面が、いっそう頬がこけ、見るも無残に痩せ衰えている。

「宗伯殿……御身を削られて、よう病と戦ってこられた。立派なご最期を、遂げられたのだな」

涙を堪(こら)えているのか、喉仏が上下する。感傷を見せたのはその時だけで、用心深く棺の内に頭をもたせかけると、あとは一心に筆を走らせた。

「仏に触れることすら厭わぬとは、剛毅(ごうき)な男よの」

そのようすを嫁と並んでながめて、馬琴が呟(つぶや)いた。

「宗伯は、まことに良き友を得た。学があり識が深く、胆力も据わっておる。この恩は、生涯忘れぬぞ。あの世へ旅立つ宗伯への、何よりの餞(はなむけ)になった」

「さようですね、私もご恩は忘れません」

舅(しゅうと)の方はふり返らず、絵師の横顔に目を当てながら、お路はうなずいた。

翌年の一周忌に、崋山は一枚の肖像画を携えてきたが、本絵はまだ道半ばであり、これは供養のためのひとまずの作だと断った。

絵の完成には、三年の歳月を要した。人気絵師たる渡辺崋山は、多くの注文を抱えていた上に、一昨年から始まった天保の飢饉のために、藩の役目が重くなったためもあろう。

仕上がった肖像画は、見事に生前の宗伯を写していた。

ひょろりと長い瘦軀に薄い肩、尖った顎と、そこだけ我の強そうな上がり眉。それでいて、何とも影が薄い。宗伯の風情や中身までもが、忠実に投影されていた。

右下には、「友人渡辺登　迫真」との署名がある。迫真とは字のとおり、真に迫るという意味だ。

そして馬琴は、自らの筆でも息子の在りし日を、この世に留めんとした。宗伯についての手記を、翌月には完成させたのは、自身の慰めのためでもあったのだろう。『後の為の記』と題されて、その写しの一冊は、崋山にも贈られた。

初七日を終えて、数日が過ぎた頃だった。お路は舅姑に呼ばれて、座敷に赴いた。

「お路、おまえの身のふり方を、ともに考えねばならぬと思うてな」

馬琴が口火を切り、となりに座すお百が力なくうなずく。

やはりひとり息子の死は、相当に応えたようで、お百は未だにぼんやりとしたままで、体調も優れない。それでも、ため息をひとつついて、嫁を見遣(みや)った。

「おまえはまだ若いんだ。亭主を亡くした後も、この家に縛りつけておくわけにもいくまい。滝沢の家から離縁して、土岐村(ときむら)の実家に帰すから、良い嫁ぎ先を探してもらい」

お幸(さち)はまだ幼子(おさなご)だけに、母親が必要となる。お幸はともに連れていって構わぬが、太郎はこの家の跡取りだ。馬琴と力を合わせて大事に育ててゆくと、お百は請け合った。

万事に粗忽(そこつ)な姑(しゅうとめ)にしては、しごくまっとうな意見だった。

再縁はむしろあたりまえで、夫を亡くしたとあればなおさらだ。また、女の子は母親の、男の子は父親の家に引き取られるのも、離縁の際の常である。

「おまえにも、苦労をかけたからね。せめて次は、もっと楽な家に嫁いで、幸せにおなり」

寂しそうに肩を落としながらも、殊勝な台詞(せりふ)を吐く。

この期におよんでも、お路は迷っていた。

かつてはこの家から出ることが、たったひとつの願いだった。お幸が生まれる前なら、何の憂いもなく離縁を望んでいた。なのにいざとなると、物思いが生じる。

夫の遺言のためばかりではない。お路は今年、三十路を迎えた。この歳になって他家に嫁ぎ、土岐村とも滝沢とも違う、まったく新しい家風に馴染むのは、思いのほか億劫でならなかった。

老いた義理の両親も案じられ、何よりも太郎と離れるのは耐えがたい。まだ八歳の太郎は、どう思うだろうか。父親を亡くし、母までがこの家を去っていく。妹だけを連れて、自分ひとりが侘しい家に残されるのだ。気持ちが千切れてしまうほどに、悲しむに違いない。

宗伯は、しばらくの間は、と言った。二、三年で構わないと、妻に乞うた。あれは、妻への執心が昂じての御為倒しか。あるいは、男特有の鈍感さか。八歳の太郎が十歳になれば、急に物分かりがよくなるとでもいうのか。二年経てば二年分老いて、よりからだが利かなくなる舅姑を、見捨てられると思うのか。夫のいない二年をこの家で過ごせば、いっそう抜き差しならなくなることはわかっていた。

お百の言うとおり、離縁するならいましかない。そのとき馬琴が口を開いた。

「お路には、このまま滝沢の家に留まってほしい。それがわしの存念だ」

お百がまじまじと、夫を見詰める。びっくりを通り越し、呆れた表情だ。

「なにを言うかと思えば……亭主を亡くしたら、女房は実家に帰って再縁するのが、世の慣いでしょうが」

「お路には、太郎とお幸の母として、子供らの身近にいてもらいたい。子のために婚家に残ることは、ままあろう」

「そりゃ、たまにはあるだろうね」と、お百が口をすぼめる。

「何よりも、お路がいなければ、この家は一日たりとてまわらない。お路の働きがあってこそ、どうにかつつがなく暮らしてきた。宗伯亡きいま、お路にまで去られては、我が家は立ち行かぬ。この滝沢家の家婦は、お路、おまえであるのだからな」

以前なら同じことを言われても、家事一切を押しつけるつもりかと、逆に腹を立てていた。馬琴の勝手は変わらぬのに、いまは嬉しさと誇らしさが満ちてくる。

——誰よりお路さんを認めているのは、ほかでもないお父さんよ。

義姉のお咲の声が、耳に立ち戻る。宗伯がどんなに妻の不満を訴えても、馬琴は離縁させようとはしなかった。それはひとえに、お路を買っているためだとお咲は告げた。

あのときは半信半疑だった。たとえまことでも、口にするような舅ではない。嫁に意見する際は、視線を外して嫌々ながら達する馬琴が、お路を見据えて堂々と宣した。本心であることが、伝わってくる。

お路は、密（ひそ）かに感動していた。

自分の働きが、お路自身が、正面から認められたのは初めてだった。

「実は、旦那さまからも、同じことを承りまして」

お路はその場で、宗伯の遺言を明かした。

「さようか、宗伯がそのような……やはり後の事は、お路に頼むしかなかったのだろうな」

「旦那さまは二、三年と仰（おっしゃ）いましたが、かえって別れが辛（つら）くなるばかりかと。私としましては、いまここで判ずるべきと思います」

自分の気持ちも、正直に述べた。馬琴が得心したように、深く首肯する。

「後事とは、後始末ではなく先々だ。若い太郎を健やかに育てるには、わしらは歳をとり過ぎた。将来（さき）のことはやはり、若いおまえに任せたい」

力強い言葉は、お路の背を強く押した。はずみでからだが前に出て、足首に絡んでいた迷いの糸が切れた。

いまいるこの家こそが、私の立つべき場所だ。

己にしかできない役目があり、己を慕い、頼り、必要としてくれる人がいる。

私はこの家の、主婦なのだ――。心から、誇らしい気持ちがわいた。

「お舅さま、お姑さま。どうか私を、これまでどおりこちらに置いてください。不束ながら、精一杯お世話をいたします」

畳に手をついて、舅姑に頭を下げた。これでようやく、気持ちにけりがついた。お路は安堵したが、思い通りに事が運ばないのは滝沢家の流儀だ。それを忘れていた。

「あたしゃ、納得できませんね。亭主がいない家に、留まる理由がどこにあるんだい？」

「だから、お百、申したであろうが。おまえひとりで、家の切り盛りはできぬだろう」

「そりゃあたしは、先生以上の年寄りですからね、何の役にも立ちゃしませんがね」

「誰もさようなことは言っておらんわ」

「家のことなら、ふたりでも三人でも、女中を増やせばすむ話ですよ」

「その女中の仕込みや差配は、誰がやるのだ。何人雇おうと、ひと月や三月で去られては、かえって手間になるばかりだぞ」

「お咲でもお祐でもお鍬でも、娘たちを頼ればいいじゃないか！」

「三人とも、すでに嫁がせたのだ。実家の面倒のために、毎日呼びつけるわけにもいくまい」

お百の短慮を、馬琴がいちいち理詰めで諭す。お路の相談のはずが、いつのまにやら夫婦喧嘩になってしまった。お百をまともに相手しては、長くなる。馬琴が多忙だけに滅多にやり合うことはないのだが、たまにぶつかると互いに頑固を発揮する。もとより感情のみで生きるお百と、すべてが理で成り立っている馬琴では、爪の先ほども重なり合うところがない。

よくも長年、連れ添ってきたものだと、ついため息がこぼれる。だが、夫婦とはそういうものかもしれない。違うからこそぶつかり、喧嘩をし、また仲直りする。人の性根など、そうそう変わるものではない。無駄にも思えるが、人は慣れもするし、ときには折れもする。

夫婦とは、味噌や醤油に似ていると、つくづく思う。

一朝一夕で仕上がるものではなく、同じ味の夫婦もいない。傍目には色が悪く、とびきり塩辛い出来もあろうが、後味に案外、酷があったりもする。

宗伯とは、こういう口喧嘩はできなかった。夫はすぐに頭に血が上り、お路もいちいち口で言うのが面倒なたちだ。

少しうらやましくも思え、半ば呑気にながめていたが、いきなり矛先がこちらに向いた。

「そうまでして、お路を手許に置きたいんだね？　ようやく先生の腹がわかったよ。いまのいままで、気づかなかった。裏切られていたなんて、これっぽっちも思わなかった」

「お百、何の話だ？」

「この女に、あろうことか息子の嫁に、懸想していたんだろ？　これまでは抑えてきたけれど、鎮五郎がいなくなって存分に可愛がることができる。だからお路を、手放したくないんだろ？」

馬琴が、かっと目を剝いた。こめかみに浮いた青筋が、二、三本まとめて切れそうだ。

「言うに事欠いて、何という言い草か！　わしがさような不埒を、考えるわけがなかろう！」

「向きになるってことは、やっぱり……もしかしたら、とっくにそういう間柄なのかい？　何年も、あたしと鎮五郎を騙していたんだね？　父親と妻に裏切られていたなんて、あの子があんまり可哀相じゃないか！」

発想があまりにも飛躍し過ぎて、怒る気にすらなれない。すでに妄想の域だ。

返事をすることさえ馬鹿々々しい。お路はひたすら呆れていたが、馬琴は筋を通さねば済まないたちだ。妻の妄想に、律儀に反駁する。お百はますますいきり立ち、息子が受け継いだ癇性を露わにした。

「ああ、ああ、わかったよ！　お路が残るってんなら、あたしが出ていくよ！　こんな家、もう一時だっていられるものかい。ふたりで仲良く暮らせばいいさ！」

お百は悪口をさんざんぶちまけて、本当に出て行ってしまった。

「しばらく頭を冷やした方がよかろう。行先はどうせ、飯田の家だ」

馬琴はあえて引き止めることをせず、妻の好きにさせた。見当どおり、後になって清右衛門が、お百をひとまず預かることにしたと挨拶に来た。

「それよりも、お路、本当に良いのか？　滝沢に留まるのは、おまえの本意か？」

「はい、決めました。兄妹を引き離すのも可哀相ですし、何より私が、太郎の傍にいたいのです。むろん家の事々や、お舅さまやお姑さまのお世話もいたします」

どうぞ末永くよしなにと、改めて辞儀をした。うむ、と馬琴も満足そうだ。

席を立ち、部屋を出ようとして、馬琴はふり返った。

「言うておくが、嫁に不埒な思いなぞ、一分たりとも抱いてはおらぬからな」

「もちろん、心得ております」

お路はすまして応え、馬琴が去ると、縁から庭に降りた。庭で遊ぶ太郎の声が、最前からきこえていたからだ。お路が呼ぶと、太郎が母の元に駆けてくる。

「母さんね、これからもずうっと、太郎とお幸の傍にいるからね」

「そんなの、あたりまえだよ。だってお母さんなんだから」

何をいまさらと、太郎はきょとんとする。お路は力いっぱい、息子を抱きしめた。

どうせすぐに帰ってくると、馬琴は高を括っていたが、お百は猜疑を解こうとせず、家出は思いのほか長く続いた。

息子の喪失が心の痛手になり弱っていただけに、ある意味、別の燃料が必要だったのか。見当違いの妄想であろうと、嫉妬という薪はよく燃える。最愛の息子を失った母が老いた己を生かすためには、どんな火であろうと暖をとる必要があったのかもしれない。

ともに癇癪持ちであっただけに、宗伯とお百が欠けた暮らしは、実のところ拍子抜けするほどに穏やかだった。馬琴は相変わらず小うるさいものの、これにも慣れた。舅とふたりきりの気まずさは、子供たちが払ってくれる。子供以上に手のかかる夫と姑がいなくなり、手足を広げ大の字になって寝転がるような、のびのびとした気分を満喫した。

ただ、外聞を気にする馬琴は、妻の家出が気に障って仕方がない。世間に名が知られているだけに、悪い噂（うわさ）でも立てられてはとの憂慮もあるようだ。

「このところの読売ときたら、平気で嘘（うそ）八百を書き立てるからな」

「義理の親子の道ならぬ恋とか、人気作者、若い嫁に転ぶ、との見出しになるのですか？」

「おじいさまと母さん、転んじゃったの？」

「これ、よさんか、子供の前で。冗談とて度が過ぎるわ」

祖父と母を見比べる太郎の前で、馬琴があわあわする。これもやはり立場の差か。お路には家内安全が何よりで、世間の風評なぞ二の次だが、よりによって不義を疑われるなぞ、潔癖な馬琴には我慢がならないのだろう。

とはいえ、宗伯という助手を失って、執筆の手間は倍加した。お百のことは忙しさにかまけて、半年ほどは手をつけかねていたが、さすがにこのままではいけないと馬琴は知恵を絞った。嫁に行った娘たちを呼びつけて、母を説得してほしいともちかけたが、かえって藪蛇（やぶへび）となった。

「私たちに頼むなぞ、お門違いです。お父さんが自ら迎えにいって、お母さんが納得するまで何べんでも話し合ってくださいな」

「だいたい、お父さんが日頃から母さんをないがしろにするから、こういうことになるのだわ。少しは懲りてちょうだいな」

三人の娘たちはいずれも母親の肩をもったが、お百ともっとも近しい三女のお鍬は、とりわけ辛辣だった。

「半年も母さんを放っておいて、ここで水入らずの暮らしぶりなんて、私だって疑いたくなるわ。お路さんもお路さんよ。旦那が亡くなったばかりで、よくもそんな軽はずみな真似ができるものね」

真似も何も、お路は何もしていない。とばっちりも甚だしいと、さすがにむっとした。

小姑が三人も集まれば、嫁にとってはもはや災害だ。

「私が至らぬばかりに、申し訳ございません」

殊勝にふりだけで詫びながら、腹の底ではひたすら悪態をついていた。

よりによって、こんな糞爺と！　考えるだけで虫唾が走る。

どうせ疑われるなら、せめてもう少しましな相手にしてほしい。たとえば――。

またうっかり、渡辺崋山の涼やかな姿が浮かぶ。

「何をぼうっとしているの？　まさか本当に、お父さんと間違いを？」

「とんでもない！　すべてはお姑さんの出まかせです！　そんなものに踊らされず、少しは落ち着いて考えてくださいまし」

「まあっ！　母さんや私たちが、考えなしだとでもいうの？　だいたいお路さんは生意気なのよ。いつもつんとすまして、私たちを見くびっているのでしょ。母さんもきっと、日頃から嫁に侮られて、耐えられなくなったに違いないわ！」

我慢が切れたのは、こちらの方だ。末娘のお鍬とは、ことに気が合わない。ついきつい物言いになり、言葉の売り買いで、相談は紛糾したあげくに決裂し、娘たちから一部始終をきいたお百は、さらにつむじを曲げた。

「あたしは金輪際、滝沢の家には戻りません！」

金輪際とはいかなかったが、お百の意固地は本物で、息子の一周忌すら姿を現さなかった。

翌年、宗伯の一周忌を済ませると、馬琴の中でも、ようやく息子の喪失に気持ちの整理がついたのだろう。今後のことをお路に相談した。

「鉄砲同心、ですか？」

「さよう、株を仲介する者がおってな、同心株を買うことができそうなのだ」

「太郎は、九歳ですよ。先々のことなど、まだ考えるには早過ぎませんか？」

「遅きに失するよりはよかろう。同心株は、いつでも手に入るものではないからな」

もちろん表向きは認められていないが、同心の株は、内々では金で取引されていた。

宗伯を亡くして、松前家の御殿医としての地位は自ずと失われた。子供の太郎を、家を継ぐ嫡男として立てるためには地位が要る。鉄砲同心は、そのための役職だった。

鉄砲組は四組あり、それぞれ同心百人を擁するために、鉄砲百人組とも称された。

将軍直属の護衛隊という名誉ある役職ながら、身分は足軽、扶持米は三十俵三人扶持と、武家としてはささやかな禄だ。

「同心株は、百三十五両するそうだ」

「百三十五両！」

その金高には、くらりとした。めまいを覚えるほどの大金だ。

「よいか、扶持米を石高に直せば、十六石ほどになる。一石一両として、八年余りで元がとれるのだ」

逆に言えば、下級役人の八年分の給金に相当する金高ということだ。

八年といえば、お路が夫とともに暮らした年月だ。途方もなく長く思えるが、齢を重ねた馬琴は、八年なぞあっという間だと力説する。

「何よりの利は、同心株は表向き一代限りだが、その実は世襲に等しい。つまりは太郎の子や孫まで、永代の安堵が計られる。そう思えば、安い買物ではないか」

日頃は二、三文の不足すら騒ぎ立てるくせに、妙なところで太っ腹を発揮する。

馬琴は決して吝嗇ではなく、ただすべてに理を通さねば気が済まず、一文の不明すら許さぬ堅苦しさが、金への拘りに見えるのだ。その辺りの舅の性分が、お路にもようやく呑み込めてきた。

お路がその場で返事をしなかったのは、損得云々の話ではなく、太郎の先々を考えてのことだ。お路は太郎に、たずねてみた。

「おじいさまがね、太郎に鉄砲同心にならないかと仰るの。太郎はどう？　鉄砲同心になりたい？」

「うん、なりたい！　何だか格好いい！」

子供らしい他愛なさだが、すっかりその気になった太郎を見て、お路も心を決めた。

太郎は祖父や父に似ず、闊達だった。本を読むより外で走り回ることを好み、そんな太郎には、鉄砲同心は悪くない将来にも思えた。夕餉(ゆうげ)の後に、舅にもその旨を告げた。

「ですが、お舅さま、肝心のお金の当てはあるのですか？　いくら何でも、百数十両の大金は、うちにはございませんよ」

財布の紐(ひも)は馬琴が握っているが、お路にもそのくらいの勘定は立てられる。

「心配には及ばぬ。そこもちゃんと考えておるわ」

馬琴はその年、七十歳の古稀(こき)を迎えた。古稀算賀の名目で、その年の秋、書画会を開いた。五、六十両ほどを得たものの、それでも同心株にはまるで足りない。ついには、長年溜(た)めた蔵書を売るとまで言い出した。

「書物はいわば、お舅さまの宝ですし、そんなに手放しては、仕事にも差し支えるのではありませんか？」

お路は止めたが、馬琴の決心は固く、蔵書の実に七割方を売り払った。

書物は馬琴の糧であり、血肉にも等しい。まさに身を削られる思いであったろう。

すべては孫のため、ひいては家のためである。何もそこまでせずとも、からださえ達者なら身過ぎはどうにかなろうと、お路なぞは思うのだが、馬琴は猪突(ちょとつ)のごとくひたすら同心株のために猛進し、執筆と倹約も常以上に気合を入れて、薬箱やら木彫細工やら売れるものは何でも手放した。

どうにか百三十五両には届いたものの、太郎を鉄砲同心に据えるには、他にもさまざまな掛りが入り用になる。

「引っ越し、ですって？　この住み慣れた家から、出ていくおつもりなのですか？」

この明神下の家は、家屋や庭、垣根に至るまで、手を入れて造作したのはほかならぬ馬琴だ。それをあっさり捨てるときいて、お路は大いに仰天した。

「そう驚くことはない。太郎は晴れて鉄砲同心になったのだからな、御上より組屋敷を賜るのだ。皆でそちらに越せばよい」

馬琴はすっかり上機嫌で、言葉の端々から、その理由が察せられた。馬琴の父も兄も、そして息子も、旗本や大名に仕える、言うなれば陪臣だった。恐れ多くも鉄砲同心は、徳川家抱えの直参であり、その誇らしさは嫁には計りかねるほどにふくらんでいた。

国中に名を広めた戯作者たる方が、よほど誇るべき名誉であろうに、それとこれとは別の話らしい。舅のこういうところは、やはり理解しかねる。

「でも、お舅さま、やはり先立つものが……」

転居の費用に加え、住まいにはこだわりをもつ馬琴のことだ。新居の修繕費も相応にかかろう。同心株のためにすっかり吐き出して、さらには仲介料、謝礼、そして太郎の嫡男としての披露目と、出ていく金は枚挙に暇がない。

「この家は、地主殿に買ってもらうよう話を進めておる」

地主とはもともと折り合いが悪く、こちらが急いだ故に足許を見られたのだろう。決して納得のいく売値ではなかったが、四十二両二分で片がついた。

何か事を起こすときには、馬琴は必ず、卜占によって日取りを決める。宗伯とお路の見合いや婚礼が、ああも慌しく行われたのも、同じく神仏より託宣を受けてのことだ。

拝領屋敷へ移るのは十一月十日と決まり、引っ越しとなれば、家婦にとっては一大事だ。

蔵書や道具を売り払った馬琴は、すっかり身軽な気分でおり、たいしたことはないとめずらしく呑気だが、長屋のひと間住まいとはわけが違う。大八車に乗せれば、二、三十荷にはなろう。

釜から器に至るまで台所道具を改めたり、滅多に着ない紋付の羽織袴や、子供らの晴れ着を先に風呂敷にまとめたり、納戸に納めた季節物や祭礼道具なぞを仕分けたりと、お路は十月中から仕度をはじめた。

そんな最中、父の元立（げんりゅう）が訪ねてきた。

往時には客嫌いの馬琴に迷惑がられてもいたが、宗伯亡き後は男の相談相手として、だいぶ株が上がったようだ。同心株の代金を先方に渡す際にも、頼まれて立会人を務めた。

「喜べ、お路！　養子話はまとまったぞ」

父もすでに六十代の終わりにかかったが、血色の良い丸顔は変わらない。はちきれんばかりの笑顔を向けた。

「養子って、いったい何の話です？」

「なんだ、きいておらんのか。太郎が大きくなるまでは、出仕もままならぬだろうが。代わりに何年か、鉄砲同心の役目を果たしてもらわねばならない。そのための養子だ」

太郎が十六歳になるまでの七年間、番代として勤め、いただく扶持のおよそ半分を受けとることで話がついたという。

「わしの甥（おい）に、格好の者がおってな。おまえには従弟（いとこ）にあたる」

名をきいても、まったくぴんとこない。元立は大雑把に甥と言ったが、正確にはもっと遠縁にあたり、信州生まれの二十四歳、いたって篤実な男だと元立は太鼓判を押した。

「お父さん、もしやその人も、私たちと一緒に住むんですか？」

「どうだろうか……むろん表向きは、組屋敷に同居となろうがな」

親類とはいえ、お路にとっては見知らぬ男に等しく、同居となれば何かと気詰まりだ。

馬琴に確かめると、四ツ谷にいる縁者のところへ預けるつもりだとこたえた。

「おまえとは、歳も存外近いしな。それこそ間違いでもあっては、事であろう」

その心配は要らぬ世話だと、内心でむっとしたが、ひとまずは安堵した。

後に馬琴の元に挨拶に来た青年は、滝沢二郎(じろう)という名を与えられた。元立の見立てどおり、いかにも真面目そうな人物だったが、相手が誰であろうと馬琴の説教、もとい心得の説きようは長い上に執拗(しつよう)だ。

「よいか、いただく切米のうちおよそ半分の、十五俵一人扶持はそなたに渡す。うち五俵は食い扶持に当て、残る十俵を金に換えて賄いなさい。もし足りぬ場合は、内職をして工面するのだぞ。当方には、よけいな金子を当てにせぬよう。ねだらない、身持ちをくずさない、勝手をしない。この三つを、努々(ゆめゆめ)忘れぬようにな」

嫁の自分も、まったく同じことを達せられた。舅と同居しないだけ多少はましだと、励ましてやりたくなった。

やがて引っ越し当日を迎え、お路は最後の大八車を送り出してから、念のために家内を見回った。掃除もすでに済ませてあり、抜かりはないはずだ。

家を一周するように検めて、最後に南の縁に達した。大きな人影に気づき、出そうになった声を呑み込んだ。家の内を向いて縁に立っているのは、馬琴であった。

声をかけるのをためらったのは、その横顔が、常とは違って見えたからだ。見えないはずの右眼は、懐かしい何かを追っている。

馬琴がながめているのは、家族の居間だった。三度の食事をし、語らい、子供と遊び、夫が癇癪を起こして豆腐の鉢を投げつけたのも、その場所だった。良くも悪くも、家族の思い出が柱や壁にしみついていた。

お路が傍へ行くと、言い訳のように呟いた。

「あまり良い思い出のない家であるからな。越すと決まったときには、半ば清々した気分でおったが……いざ去るとなると、寂しいものだな」

はい、とお路もうなずいた。お路もまたこの家には、苦い思いしか残っていない。始終、腹を立て、憎み、罵り合い、負の気ばかりが満ちていた。

それでも、ひとりは駄目にしたが、三人の子を授かった。そして、夫を亡くしたのもこの家だ。最愛の、とまでは言えないが、お路が生涯でただひとり情を交わした相手だ。憎しみも含めて、思い出は尽きない。

こうして家がからっぽになると、不思議と厭わしさも埃と一緒に掃き出されて、懐かしさばかりが募った。馬琴もまた、同じ思いでいるのだろうが、たとえ同じ光景が浮かんでも、それぞれの感じようは違う。

しばし互いの思いにふけり、行くか、との馬琴の声を汐に、玄関へと向きを変えた。目の端に、庭に佇む柿の木がよぎった。いまはすっかり実を落とし、冬枯れている。夫と息子が睦まじく、ともに柿の実をもいでいた。鮮やかな柿色を背景にして、めずらしい夫の笑顔と、太郎のはしゃぐ声までもが耳によみがえる。

喉の奥からひと息に熱いものがこみ上げて、嗚咽となってこぼれ出た。

涙を収めるまでには、少し時が要った。

袖で涙を拭い、玄関に出ていくと、馬琴は律儀に待っていた。

鉄砲同心の拝領屋敷は、四ツ谷信濃仲殿町、千日谷上にあった。

神田明神は、江戸城の東北の方角になるが、四ツ谷御門は城の真西にあたる。明神下の家は武家地の内とはいえ、少し歩けば町屋も存在したが、この辺りは見渡す限り武家屋敷ばかりである。

喧噪(けんそう)のけの字もなく、しんと静まり返っている。にわかに心細さを覚えるほどだったが、新たな住まいを目にしたときは震え上がった。太郎が不安そうに、母の手を握る。

「母さん、ここ……お化け屋敷？」

門は傾いて閉まらず、外から見える戸障子は、破れて穴だらけの有様だ。中をこわごわ覗いてみると、ほとんどの座敷には天井すら張っておらず、剝き出しの屋根からは雨漏りがしているようで、床のあちこちが腐っていた。

おそらく人が去って、何年にもなるのだろう。廃屋(あばらや)に等しい屋敷だった。

跡継ぎが絶えて家が没落したのか、同心の扶持米では、家の造作にまで手がまわらなかったか、その両方かもしれない。噂にきく武家の窮乏を目の当たりにしたようで、何ともすさまじい。敷地だけは二百四十坪と、神田宅の三倍にもなるが、肝心の住まいはあまりにみすぼらしかった。

「母さん、神田のおうちに帰りたいね。帰っちゃ駄目？」

お路のいまの心境を、太郎はそのまま口にした。こたえに困り、苦笑いを返す。

誰より打ちのめされているのは、ここまでの差配をすべて取り仕切った馬琴に違いない。しかし内心の落胆なぞおくびにも出さず、不自由な足を引きずりながら、敷地を隅々まで見て歩く。馬琴は六十を越えた頃から少しずつ足腰が弱り、いまでは往来の行き来はすべて駕籠(かご)に頼っていた。

「奥に九尺二間の土蔵があった。おまえたちはしばらく、その蔵で寝起きしなさい」

「ですが、煮炊きはどちらで？　母屋の台所からでは遠すぎましょう」

「そうだな、二、三日のうちに何とかいたそう。井戸も早々に直さねば、汲(く)み上げるさなかに屋根が落ちてきそうだ。どうせなら、車井戸をつけるか」

「では、いくらか整ってから、お姑さまをお迎えする方がよろしいですね」

ああ、と馬琴がうなずく。お百は一年以上も家出したあげく、三月ほど前にひょっこり帰ってきた。馬琴が金策のために、書画会を開く直前だった。

「結構な催しがあるときいてね。仮にも妻が、顔を出さないわけにもいかないじゃないか」

そう嘯(うそぶ)いたが、宗伯の一周忌すら不義理を通したお百だ。家に戻るための言い訳に過ぎず、何よりの理由は太郎かもしれない。

「お次も可愛(かわい)いけれど、やっぱり太郎に会いたくってさ」

不用意に、ぽろりとこぼしたことがある。飯田の家には、お路の長女のお次がいて、義姉夫婦に可愛がられている。お次の仕草や表情で、かえって太郎が恋しくなったようだ。

これまで以上に太郎には甘いが、お路への態度は、この高台に吹きつける風よりも厳しい。地名が千日谷上だけに、四ツ谷の家は高台に位置し、折しも寒風は容赦なく荒屋をたたく。

皮肉を交えた舌鋒はますます尖りを増し、また嫌味のつもりか、家事を一切手伝わなくなった。姑の世話は増えたものの、お路はさして気にしなかった。それほどに、お百は老いていたからだ。夫と同様、足腰は覚束なく、目も白く濁ってきた。よぼよぼの年寄りに、怒ったところで仕方がない。

引っ越しの日と、落ち着くまでの数日は、姑を飯田の家に預けた。

一方で、からだがいくら利かなくとも、こうと決めたときの馬琴の行動は速い。

明言どおり、土蔵の後ろに物置小屋を建てさせ、床を張り竈を据えて即席の台所を拵えた。女子供は土蔵に寝泊まりさせ、自身は台所脇の二畳を仮住まいとした。

ただ何事も、急いては事を仕損じる。大急ぎで大工を呼んで、屋敷に手を入れさせたが、人選を見誤り、最初の大工は金だけ持ってとんずらした。次の大工は工賃が高い上に、仕事が遅い。馬琴は見切りをつけ、三人目を雇う羽目になった。

いく月も不自由な生活を強いられた上に、四ツ谷の家にかかった工賃は、見当の何倍にもふくらみ、ついには足りなくなって十両もの借金までした。

そもそも同心株の金策からして、馬琴はしくじり続きだった。八月の書画会には、八百人もの客が詰めかけ大盛況だったにもかかわらず、実入りは予想の半分に留まった。版元を一店に限ったためであり、つきあいのある数店に声をかければ、諸掛りや雑費は各版元で分担して抑えられ、馬琴の懐も潤ったはずだ。神田の家の売値もまた、急いだために足許を見られて、相場を大きく下回った。当の同心株も、礼金や仲介料、継養子への代銀など、諸々を合わせると、二百両近い出費になる。百三十五両は八年でちゃらになると馬琴は豪語したが、この分では元をとるまでに十年以上はかかりそうだ。

老いは焦りとなって、馬琴の判断をも狂わせたのか。あるいは、もともと舅はそういう性分かもしれない。金に細かいくせに、肝心のところでは丼勘定で、大局を見誤る。

この辺りは、実家の父と見事なまでに対をなす。元立はいい加減に見えて、抜け目がない。決して薄情けではないが、人づき合いも物事の運びようも、頭の隅で算盤（そろばん）を弾き、損がないよう帳尻を合わせる。その手のしたたかさが、馬琴には欠けていた。

不自由な仮住まい暮らしは三月半ほど続き、翌年の二月、母屋の修築がようやく終わった。寒さも不自由も応えたが、女たちにとっての何よりの朗報は厠(かわや)に尽きる。

「やれやれ、これでようやく、隣に厠を借りにいかずとも済むのだね。あの決まりの悪いことといったら、さすがのあたしも身が細りそうだったよ」

「まったくですね、お姑さま。お舅さまや太郎も、竹藪通いをせずに済みますし」

「太郎がいつか肥溜(こえだめ)穴に落ちるのじゃないかと、あたしゃ冷や冷やしていたからね」

日頃の仲の悪さを打遣(うちゃ)って、このときばかりは嫁と姑は、息を合わせてうなずき合った。

母屋の厠が使いものにならず、馬琴や太郎は裏の竹藪に掘った穴で用を足し、女たちは毎度となりの家に、厠を借りに行かねばならなかった。

馬琴は誇らしげに、滝沢解、滝沢二郎と書いた表札を門戸に掲げた。

解は馬琴の本名だが、太郎の代養子を務める二郎が、表向きはこの家の主だ。

「この家では、良きことが重なればよいな」

誰にともなく、馬琴は呟いた。

馬琴の願いは、一方では叶い、他方では裏切られた。

人生は悲喜交々至る――。馬琴の人生はまさに、この句を体現していた。

著作の方は絶好調で、七十を過ぎてますます執筆は旺盛となり、市井での評判もさらに高まった。

しかし馬琴の生み出す作品そのものが、周囲の生命力を奪ってでもいくように、死の影はそれからもつきまとった。

宗伯が身罷って、ちょうど二年とふた月後、義姉の夫である清右衛門が亡くなった。宗伯の月命日と重なり、享年五十一歳だった。丈夫な人であったのに、ふいの病であっけなく逝ってしまった。

清右衛門は飯田の家よりも、滝沢にいた方が長かったのではなかろうか。そう思えるほどに、実によく馬琴や宗伯、そしてお百やお路にも尽くしてくれた。もう十年ほどはあった寿命を、滝沢の家に削がれたような気がしてならない。

だから清右衛門の代わりに、お咲に後添いの夫を迎えるときいたときには耳を疑った。

「まだ一周忌も済まぬうちに、正気ですか、お舅さま？　お義姉さまのお気持ちも、少しは考えてくださいまし」

つい言葉がきつくなったのは、養女に出した娘、お次の先行きにも関わってくるからだ。

「飯田の家は滝沢の分家であるからな、どのみち跡取りを立てねばならぬ。それに、お咲も承知した」

ええ、ええ、そうでしょうとも。お義姉さんは決して、お舅さんに逆らいませんからね。

腹の中で、皮肉を返す。お咲が我を通したのは、後にも先にも一度きり。お次を滝沢の家から奪うようにして、養女にしたあのときだけだ。

『お父さん、お父さん……』

清右衛門の葬儀の席で、泣きじゃくる八歳のお次が、胸に浮かんだ。やはり涙をこぼしながら、お咲が娘を抱きしめる。お次がこんなに慕うほど、清右衛門とお咲は慈しんで育ててくれたのか——。実母としての感謝とともに、引き攣(つ)れるような痛みも伴った。

温厚篤実を絵に描いたような清右衛門ほどの人物は、おいそれと巷(ちまた)にころがってはいまい。外れを引けば、お次を邪険にする継父と化すかもしれない。

「娘が大きくなれば、婿養子を迎えることも叶いましょう。それまで待つことはできませんか？　私とて、お義姉さまと同じ身の上ですし……」

「女ばかりの家では、それだけで不用心であろう。跡継ぎとしてはむろんだが、男手は何としても入り用だ」

それもまた、理が通っている。大人しく引き下がるよりなく、お次のために良き父親になってくれますようにと祈るしかなかった。

つれあいと死別して、一年も経ずに後入りを迎えるのは、男女を問わずよくある話だ。「家」を潰さぬためには、むしろあたりまえの慣いでもあった。

長年連れ添った、いわば片割れを亡くして、ほどなく別の男と一緒になるのは、どんな気持ちだろうか……。宗伯はいたって相性の悪い夫であったが、お路ですら、他の男を迎える気には未だになれない。

夫を失って三年――。時折思い出し、そっと涙することがある。恋しいわけではなく、何のための涙かわからない。ただ、面影はいつも同じ姿で、こちらに背中を向けて、ふり返るのをためらうように横顔だけが見えていた。

どうしてだかそれが切なくて、泣きたくなる。

「お路、おまえの方こそ、父上のご容体はいかがか？」

「それが、芳しくなく……少し長引きそうです」

父の元立が倒れ、お路は見舞いから戻ったばかりだった。

両親と兄夫婦は四年前、駿河台で同居を始めたが、お路の懸念どおり、一年ももたなかった。

互いの差異は埋めようがなく、諍いは日増しに苛烈になり、元立も遂に堪忍が切れた。息子に勘当を言いわたし、元祐もまた、もう二度と顔を見ることはないと捨て台詞を残して去った。お静やお路とは、文のやりとりだけは続けていて、元祐はさる医家の家を継ぎ、いまは浅草にいた。

息子一家が去って、広い家も必要ない。両親はいまは、麻布狸穴に暮らしていた。

「お路、おまえはしばらく麻布におってよいぞ。お父上の世話をしてあげなさい」

「ですが、よろしいのですか？　いまはお姑さんもおりませんし」

お百はまたぞろ機嫌を損ね、二度目の家出の最中だった。行先はもちろん、飯田の家である。

「あれがおらぬから、女中も楽ができようし、足りぬことは二郎に頼むとしよう」

同居はあくまで表向きながら、代養子の二郎は、役目の合間にしばしば四ツ谷を訪れる。宗伯ほどの学はなく、清右衛門のような気働きもないが、目立つ粗はなく良くも悪くも凡庸な男だ。誰に対しても角を立てず、馬琴ともほどほどにうまくつき合っていた。

「元立殿には、たいそう世話になったからな、せめてもの礼だ。心ゆくまで付き添うてやりなさい」

「お心遣い、痛み入ります、お舅さま」

舅の恩義に、深々と頭を下げて、お路はその日から麻布に泊まり父の看病をした。

「すまんな、お路……わしの面倒まで、かけるつもりはなかった」

熟れた柿を思わせた血色の良い丸顔が、干し柿のように水気を失ってしぼんでいる。

「何をいまさら、水くさい。私は医者の娘で、妻だったのですよ。病人の世話にかけても、散々修業を積んだ玄人ですからね」

「お琴に、言われてな……まるで病人の世話をするために、嫁に出したようなものだと」

小豆のような目を、しょぼしょぼとしばたたく。闊達な人だっただけに、弱りきった姿は、見るに忍びなかった。

「幸せにと、願っていた……おまえの幸せを願って、嫁に出した。なのに、おまえばかりが苦労を背負い込んで……ずっと、ずっと、詫びたいと思っていた」

「お父さん……」

お気楽でお調子者で、人生の負の部分とは、無縁に見える人だった。無縁だけに思い悩むこともないと、お路自身も軽く見ていたが、娘への詫びやわだかまりを抱えたまま、いつも笑っていたのか。そう思うと、たまらなかった。

「お父さん、お父さんのおかげで、あたしは幸せですよ。苦労が多いからといって、不幸せとは限りません。太郎がいて娘たちがいて、それだけで十分。あたしはお父さんとお母さんの娘に生まれてよかったと、心から思います」

苦労があるからこそ、その陰で見つけた幸せは色濃く映る。些細な幸いを見つける力を育んだのは、元立とお琴の底抜けに前向きな気性であろう。

「そうか、お路は幸せか……そうか、そうか……」

父の最期は、思いのほか静かだった。

ただ、かすかに笑っているような死に顔だけが、陽気であった父には似合いに思えた。

父に告げた言葉は、嘘ではない。しかしお路はどこかで油断していた。

禍福は糾える縄の如し。過ぎた禍の後には、きっと幸いが待っていて、これ以上の苦労なぞ、そうあるものではない。

未だ困難の道半ばにあることを、お路は気づいていなかった。

六　八犬伝

「どうですか、母上」

麻裃（あさがみしも）を身につけ、前髪を落とした我が子の姿は、見違えるほど大人に見えた。

年が明けて、太郎は数え十三歳となり、正月半ば過ぎに元服をさせた。

「ええ、ええ、太郎、たいそう立派ですよ」

掛け値なしの褒め文句を、お路は息子に送った。親の贔屓目（ひいきめ）を差っ引いても、十分に自慢に足る佇（たたず）まいだ。

晴れがましさと同時に、胸が絞られるほどの寂しさも感じた。

自分の腕の中で泣いていた赤子が、たった十二年で、これほど大きくなるとは。

今日このときから大人としてあつかわれ、親の代理はもちろん、当主として一家を担う者もいる。しかし親にとっては、子はいつまで経（た）っても守るべき存在だ。人一倍大きな羽をもつ我が子が巣立ちをしようとする姿は、お路の胸に、感慨と同時に喪失をもたらした。

「土岐村のおじいさまにも、一目見せてあげたかった。太郎のこの姿をご覧になったら、どんなに喜んだことか」

実父の元立が亡くなってから、もうすぐ二年になる。享年七十歳だから、十分に長生きと言えようが、孫の元服には間に合わなかった。子の成長と親の不在が合わさって胸に迫り、つい涙ぐんだ。

「でもなあ、前髪がないのはやっぱり慣れないなあ。この辺がすうすうして寒いんだ。まだ春先だし、もっと暖かくなってからでもよかったのに。ねえ、母さん、本当におかしくない？」

麻裃の袴をくしゃくしゃにしてぺたりと座り、剃ったばかりの額の上を母に向ける。子供は角前髪といって、額の上だけに前髪を残して頭の天辺を丸く剃る。この前髪を剃り落として月代にするのが、元服の折の何より大事な儀式だった。

人並み以上に背が高く、手足が長いのは、父方の祖父、馬琴の血を受け継いだためだろう。見掛けだけは十五、六でも通用するが、数え十三では、中身はまだまだ子供だ。

「おかしくなぞ、ありませんよ。それよりも、袴を整えてきちんとお座りなさい。またおじいさまに、叱られますよ。それと、母さんではなく母上でしょ？」

「母上って、仰々しいよ。家の中では、いままでどおり母さんでいいだろ？」

不満そうに下唇を突き出して、麻の袴をがさがさtermsせながら座り直す。太郎の不満は裃や呼称ではなく、別のところにあるようだ。

「さっき、おじいさまが言ってたこと、本気かな？」

「さあ、どうかしらね」と、曖昧にこたえる。

「本気だとしたら、嫌だなあ。おれ、まだお役目なぞ果たせそうにないし。だいたいおじいさまは、せっかちが過ぎるよ。元服だって、他所の子より早いだろ？　まわりの子は、十五、六になるまではしないって。そりゃ、大人になるのはちょっと嬉しいけど、もういままでみたいに遊んじゃいけないってことでしょ？　何だか三年分、損した気分だよ」

祖父の前では言えない不満を、しきりに母親にこぼす。その顔は子供そのもので、苦笑とともに安堵がわいた。

たしかに、十三の子供に、鉄砲同心の役目が務まるとは思えない。あまりに無茶な話だ。

しかし馬琴は本気で、その無茶を通そうとしている。太郎の元服を急がせたのも、自身が元服したときの初名である興邦を孫に与えたのも、馬琴の本気の表れだ。

まだまだ中身の幼い我が子に、同心なぞ務まるだろうか。母親らしい心配はもちろんのこと、この件にはもうひとつ、大きな厄介がつきまとう。

太郎が成人するまでの中継ぎとして据えた代養子、二郎を、期限よりもよほど早く廃嫡せねばならぬことだ。二郎が養子となったのは、太郎が九歳のときであり、十五、六で元服を迎えると仮定して、最低でも六、七年は養子身分が約束されていた。こんなに早く放り出されては、年季前に暇を出されるようなものだ。話が違うと、怒り出すのは目に見えている。

どうして舅は、こうもいちいち事を荒立てるのか。

他人とうまくつき合うには、角が立たぬよう丸く収めるのが何よりだ。しかし馬琴にとっては、丸くなあなあに収めるのは妥協以外の何物でもなく、ひとつひとつを怠りなく突き詰めていかねば済まない性分だ。おかげで方々で要らぬ悶着を呼び寄せ、悪戦苦闘している。たまには自らが折れれば、よほど楽に生きられようが、まるで楽を悪と考えてでもいるように、自身が拓いた茨の道をひたすらに邁進する。

馬琴自身は、茨の棘なぞものともしないが、同じ道を歩かされる身内にとってはたまらない。お路なぞはまだましで、かすり傷程度だが、道の後ろには屍がいくつも倒れている。

宗伯しかり、清右衛門しかり。ことに清右衛門のことを考えると、胸が痛む。毎日のように飯田町から通ってきて、牛馬のごとく馬琴や宗伯にこき使われても、愚痴ひとつこぼさなかった。その娘婿に、舅が言うところの重大な欠点が見つかったのは、清右衛門が亡くなる前年だった。

当人はもちろん、妻のお咲も馬琴には固く秘していたのだが、清右衛門は酒が何よりも好きだった。酒友に誘われて浴びるほど呑み、色街へ足を向けることもあった。

この話をきいたとき、お路は哀れが先に立った。馬琴親子に日々虐げられているのだ、酒で憂さを晴らしても無理はない。しかし当然のことながら、馬琴は烈火のごとく怒り狂った。実に五十余日ものあいだ婿の顔を見ようともせず、清右衛門はもともと気の小さい男だ。今後一切、酒は呑まないと約束し、どうにか怒りを解いてもらった。

唯一無二の気散じを奪われて、清右衛門は遂に倒れてしまったのではないか。翌年の正月、床に就いたときかされたとき、お路にはそう思えた。

婿の病も、長年の酒のためだと馬琴は断じ、また飯田の分家の蓄えが底を突いていたことも激しくなじった。たしかに盛り場に通い詰めていては、金も出る一方だったろうが、本家のために惜しみなく働いてくれた労を思えば、責める気にはなれなかった。妻のお咲もまた、夫を慕い、その心情を察していたからこそ、清右衛門の酒癖を実家に秘していたのだろう。

お咲は夫の一周忌も済まぬうちに、翌年、馬琴の意向で新たな婿をとった。先代と同じ清右衛門を名乗ったが、またもや父の言いつけに、唯々諾々と従ったお咲は納得ずくであったのだろうか。

幸いにも、この二代目清右衛門は、馬琴の言うところでは初代以上の当たりであり、酒色を嗜まず、かつ金繰りや商売に秀でていた。長年、地本問屋に奉公し、縁談を持ち込んだのは、馬琴の元に出入りしていた版元である。その職歴を生かし、二代目は飯田町で書店を営んだ。

お咲よりも八歳年下だが、実年齢より老けて見えるから、夫婦の収まりも悪くない。お路が何より気を揉んだのは、里子に出したお次の父親にふさわしいか否かであったが、人柄は誠実で、娘ともよく馴染んでくれた。

それでも初代清右衛門の死は、お路ですら応えた。滝沢に嫁いで丸十年、毎日のように顔を合わせ、他愛ない話にもよくつき合ってくれた。日々のあたりまえが欠落すると、その痛手は思いのほか大きかった。

馬琴があれほど酒癖に腹を立てたのは、長年、信頼してきた婿に隠し事をされ、裏切られたことに傷ついたためかもしれない。馬琴は過去にもたびたび、同じ苦汁を嘗(な)めてきたに違いない。馬琴の求める清廉潔白は、あまりにも白過ぎて、道を歩いただけで飛ぶ泥のはねすら許さない。日に何度も洗濯すれば、布はぼろぼろになっていく。馬琴を最後まで裏切らなかった宗伯も、馬琴を裏切っていた清右衛門も、ふたりとも早死にしてしまった。

この上、太郎にまで祖父の呪いが及ぶことだけは、何としても避けたかった。

幸か不幸か、太郎は体格より他は、祖父にはまったく似ていない。ことに父の宗伯を亡くした頃から、その違いは目に見えて際立ってきた。

馬琴は孫のために師匠を吟味し、素読や習字、画(え)を学ばせようとしたが、太郎はいずれも続かなかった。書画文筆のたぐいを一切好まず、塾が遠いだの自分には向いていないだの理由をつけて、ほどなく通うことすらしなくなった。

馬琴がそれを大目に見たのは、孫可愛(かわい)さ故の甘さもあろうが、太郎が武家のもうひとつの本分たる武芸には、いたく熱心であったからだ。

剣法、槍法(そうほう)、柔術も習ったが、特に熱中したのは、鉄砲と馬術だった。

いずれ鉄砲同心を継ぐ身としては、実に頼もしい。馬琴はそう判断し、孫の我儘(わがまま)を許した。母のお路としても否やはなく、息子が父や祖父と別の道を自ら歩もうとしていることには、大きな安堵がわいた。

だからこそ、息子の将来にわずかでも影を落とす行いは、謹んでほしかった。

しかし走り出した馬琴を、止められる者は誰もいない。鉄砲同心株を買うために奔走したときも同じだった。あのときも株はどうにか手に入れたものの、事を急いだためにあちこちで大きな勘定違いが生じ、余計な散財と手間暇、そして心労はかなりの嵩になった。

お路の憂いは的中し、騒動が鎮火して目的を果たすまでには、その年丸々、ほぼ一年を要した。


「なんと無礼なふるまいだ！　こちらの温情を、足蹴にしおって」

――先に無礼を申し出たのは、お舅さまの方ですよ。

「暇金を増やせと言ったのは、当の二郎ではないか。望みどおり、額を上げてやったというのに」

――最初にお断りしたから、角が立ったのですよ。事が揉めに揉めてから、わずかに上乗せしても、誰も有難いとは思いませんよ。

「激昂した挙句、埒もない雑言を吐き散らすとは、浅はかに過ぎるわ。お路もさすがに呆れていたな、顔に出ておったぞ」

――お舅さまの厚顔無恥にも、同じくらい呆れておりましたよ。

舅の文句に耳を貸すふりで、心の内では本音で相槌を打つ。

「まあ、太郎に跡目を継がせることは、無事に叶ったのだ。それより他は、些末なことだ」

馬琴にとっての些末とは、人の気持ちのことだろうか――。

覚悟はしていたつもりだが、実際にふりかかる悶着には、想像以上に心身を削られた。

予定よりもよほど早く代養子を廃して、齢十三の少年に家督と役目を担わせる。誰の目にも理不尽な上に無茶であり、馬琴が頼みにいった鉄砲同心の上役たちからも、もう二、三年の辛抱だと説かれ、一時は頓挫したかに見えた。

しかしこうと決めたときの馬琴の一途、もといしつこさは筋金入りだ。

上役たちへの賂を手に、くり返し懇願し、最初は賂を受けとることすら厭うていた上役たちも、とうとう根負けした形で、太郎を御役に就けるために手を貸した。

収まらないのは、二郎である。同心の役目に就いて五年目、自らに何ら落ち度はなく、つつがなく御役をこなしてきた。なのにいきなり、おまえはもう必要ない、手切れ金をくれてやるから即座に出ていけと達されたのだ。易々と従えるはずもない。

だいたい、二郎への切り出し方からして、あまりに粗忽だった。本来なら、こちらの勝手をまず詫びて、精一杯の礼を尽くすべきところだ。あるいは、自身の本心を打ち明けて情に訴えれば、こうまで揉めることもなかったろうが、そんな芸当が傲岸不遜を通してきた年寄りにできるはずもない。

馬琴にとっては、二郎はあくまで息子の立場であり、子が親に従うのはあたりまえだと思っている。完全に上からの物言いで、廃嫡すると達せられたのだ。宗伯や初代清右衛門でもあるまいに、はい、そうですか、と得心できるはずもない。

二郎の受けた衝撃は計り知れず、それが怒りと化しても無理からぬことだ。暇金の五両は少なすぎると申し立て、倍の十両を所望した。二郎にとっては金高云々ではなく、精一杯の抵抗であったろう。せめてその場で十両を承知しておれば、二郎の怒りも少しは収まったはずだ。だが馬琴は首を縦にふらず、二郎はますます意地になった。このまま役目を続けると息巻いて、同心仲間たちにもこの不条理を訴えた。

鉄砲同心の組仲間は、いずれも信濃町に屋敷を賜る、いわばご近所同士だ。あまりに騒ぎを大きくしては、しっぺ返しを食らうのは、これから同心を拝する太郎である。

お路はひやひやしたが、馬琴はぐいぐいと茨の道を突き進む。

二郎には五両の上乗せを拒否しておきながら、上役たちへの賂には糸目をつけない。この辺りの勘定具合は、世人には呑み込みがたいが、得心のいかない金を馬琴は一文たりとも出そうとしない。手切れ金を余計に所望するのは、養子の分際で不心得であり、身勝手で不実な心根だと馬琴はなじった。そもそもの発端が、自身の身勝手だとのわきまえは、見事なまでに欠落している。

ならば賂は良いのかと、たずねたくなる。日頃の清廉潔白は、どこへ行ったのか。ただ、これにも馬琴なりの線引きがある。宗伯を、松前家の御殿医に据えたときも同じだった。どんなお大名が戯作(げさく)を贔屓(ひいき)にしても、易々と招きに応じなかった馬琴が、息子を抱えてくれた松前公にだけは、ことさらに礼を尽くした。

すべては子のため、孫のため。大事な跡取りのためなら、なりふり構わず猛進する。その過程で、誰が傷つこうと犠牲になろうと一顧だにせず、自身への謗りすら厭わない。

太郎のためには、誰よりも強い後ろ盾ではあるが、一方で、ある心配が胸をかすめる。

馬琴を動かしているのは、子や孫への情愛ではなく、滝沢家を存続させるという、ただその一念ではないか。いわば宗伯も太郎も、馬琴にとっては駒であり歯車に過ぎないのではないか——。

この時代、家の存続は、ことに武家にとっては何よりの大事だ。一方で、家のためには個がないがしろにされる。

三人の子を産んだお路にとっては、太郎もお幸(さち)も、手放したお次も、ひとりひとりが掛替えのない大事な我が子だ。同じ兄妹(きょうだい)でも性質は異なり、それがいっそう愛(いと)おしい。けれども駒や歯車では、家という盤上からはみ出し、規則正しい動きを刻まなくなったら、たちまち放り出される。

滝沢の家に限ったことではなく、お路の実家たる土岐村でも同じだった。

父の元立亡き後、家を継いだのは、新たに迎えた養子だった。兄の元祐は勘当された身だけに、父の葬式すら出席できない。兄夫婦もすでに、土岐村を顧みる気すらないようで、父の死を知らせても、音沙汰なしのありさまだった。

父を盲信し、最後まで傍(そば)にいた宗伯と、その足元からさっさと飛び立ち、帰ることのない元祐と、どちらが幸せなのだろう。たぶん、どちらがどうではなく人それぞれであろうが、父が逝ってから、お路は時折、その物思いに囚(とら)われた。

とにもかくにも紆余(うよ)曲折を経て、二郎の廃嫡と太郎の出仕願いは受理された。

十一月上旬のことであり、同じ月の下旬に、暇金を渡して縁を切るために、馬琴は二郎を呼び出した。

馬琴は相変わらず己の言い分だけを押し通し、暇金は五両のまま、さらには金高を上げよとは不届き千万であり、其の方が悔いて謝らねば、五両も渡すつもりはないと説教をはじめる始末だ。これには二郎も腹に据えかね、罵詈雑言（ばりぞうごん）の限りを吐き散らした挙句、金なぞ要らぬと席を立った。

これほどの癇癪（かんしゃく）を目の当たりにするのは、宗伯が亡くなって以来のことだ。しかし夫の癇癪よりは、よほどわかりやすい。夫の場合は、ある意味病であったから沸点がつかめず往生したが、怒りの理由が明快なだけに非常に得心がいく。

動揺したのは馬琴の方で、これほど悪（あ）し様（ざま）に罵られることなぞ、ついぞなかったに違いない。

「まったく、何という無作法か。お路、おまえが言ったとおり、二郎には実がないな」

「私、そのようなことを申しましたか？」

「先に申していたではないか。二郎の仕事ぶりには実がないと」

ああ、とお路も思い出した。先代の清右衛門が逝ってからしばらくのあいだ、男手に不足して、馬琴は当然のように二郎を呼び出して、あれこれ雑用を言いつけた。二郎にはそれが、大いに不服であったに違いない。二郎がもらう手当は、あくまで出仕して同心の御用を務める対価であって、下男のようにこき使われるとは念頭になかったのだろう。

気配り上手であった清右衛門とはくらべるまでもなく、嫌々ながら仕方なくやっているという風情を隠そうともしない。実がないとはその意味であり、お路としてはたまたまこぼした小さな愚痴に過ぎないのだが、馬琴はしっかり覚えていて、ここぞとばかりに引き合いに出す。

それでも面と向かって罵倒されたことは、相当に応えたようだ。

翌日になって、暇金を三両上乗せして、八両にすると言い出した。いまさらという感もあり、二郎が所望した十両より二両欠けるところが、実に馬琴らしい。このあたりは、まことに処世下手だと言わざるを得ない。

危惧したとおり、八両の申し出は、ますます二郎を立腹させることになり、今日の始末と相なった。

結局、人を介して八両で手打ちとし、十一月の晦日(みそか)になって、ようやく片がついた。この騒動が落ち着くまで十月余り、ほぼ今年一年を費やした。

お路としては、やれやれという安堵より、十三の太郎に、本当に同心が務まるのか、その心配の方が大きかった。

十二月初旬、滝沢興邦こと太郎は、見習御番として初出仕した。

歳を四つも鯖読んで、表向きは十七歳で通している。

上背で外見はごまかせても、中身までは覚束ない。齢十三ですでに思慮分別に長けた者も稀にはいるが、あいにくと太郎はそのたぐいではない。気性は清々しいものの、頭よりからだを使う方が得手であるだけに、むしろ歳より子供っぽくも見える。

そんな我が子に、大人と同じ役目がこなせようか。母としては、そんな無理はさせたくないというのが、お路の本音だった。

太郎の将来のみを考えれば、食い下がってでも舅を止めるべきだったかもしれない。それをしなかったのは、舅がどうしてこうまで事を急いだか、その理由と心情を察していたからだ。

馬琴はこの頃すでに、失明寸前であった。

右眼の視力を失って七年。左眼を酷使してきたつけが、とうとう回ってきたのだ。

昨年から左眼も不鮮明になり、眼鏡を買い求めてもみたが、視力の落ちようは止めようがなかった。今年に入ってからは、手紙の代筆などはお路に頼んでいる。

せめて書き物は仕事のみに留(とど)めればいいものを、日々の日記に加えて、滝沢家の家記まで筆するようになった。もちろん馬琴のことだから、微に入り細をうがつ家譜である。

自身を滝沢家七世と称し、はるか昔のご先祖から始まり、親兄弟についても詳述し、宗伯や太郎はもちろん、娘たちや嫁のお路といった婦女子に至るまで綿密に記されている。

冒頭に、「児孫に畀(のこ)さん為(ため)」とあるように、宗伯や太郎に向けての家記であったが、宗伯亡き後は、喪失を埋めるようにいっそう熱を入れてとり組んだ。

完成した暁には、さぞかし厚ぼったい読み物となろうし、読書嫌いの太郎が果たして開くかどうかすら怪しいものだが、光を失う前に、何を置いても世に残したいとの、馬琴の希求であるのだろう。

家記の記述は未(いま)だに続いていたが、馬琴の目は、もう限界に達していた。

太郎興邦は、鉄砲同心就任とともに、滝沢家の九世として跡目を継いだ。

まるでそれを待っていたように、年が明けた正月、馬琴の目は一切の光を失った。

「お路、おまえに頼みがある」

馬琴は嫁に向かって、神妙に切り出した。

「ああ、はい。どなたへの文ですか？」

昨年から手紙の代筆をしてきただけに、気楽な調子でお路は応じた。

「いや、おまえに筆を頼みたいのは、『八犬伝』だ」

「は？　お舅さま、いま何と？」

思わずきき返したのは、とても信じ難かったからだ。

「『八犬伝』をわしが口で説き、おまえがそのとおりに筆する。その業を頼みたいのだ」

軽口を言う人ではなかったが、冗談としか思えなかった。

戯作は、手紙とはまったく違う。言うとおりに書けばそれで良いと、馬琴は重ねたが、舅の言うとおりに筆記することがいかに難儀か、お路は身をもって知っていた。

偏執ともとれるほどに、馬琴はこだわりが強く、戯作にかけてはまさに一言一句、ふり仮名に至るまで、一点の間違いすら決して許さず、また妥協もしない。

画師（えし）や版元に対しても同様で、すでに版木に彫られた後であっても、装画の人物の服装が違っているだの、訂正を求めたふり仮名が直っていなかっただの、傍目（はため）から見れば実に些細なことで、大騒ぎをして修正を求める。画師の思惑も版元の苦労も、おかまいなしだ。

馬琴の言ったとおり忠実に、清書や校正ができるのは、亡き宗伯だけだった。その宗伯ですら、口述筆記はしていない。

「お舅さま、それればかりはご勘弁ください」と、お路は即座にこたえた。

手紙ですら、なかなかに気難しく、叱責されることも少なくない。それでも戯作にくらべればまだましだ。漢字にいちいちふり仮名をつける必要もなく、また、この字を使えとの注文もたまにはあるが、すべてには及ばない。つまりは文なら、お路の識字の範囲でどうにかなるが、これが戯作となれば考えるだけで身の毛がよだつ。

「丁子屋さんが連れてきてくだすった方は？」

「あれは駄目だ。昨日、追い出した」

いったい何人目になるのだろう。舅の耳に届かぬよう、細いため息を吐いた。

手紙の代筆をお路に頼むようになって、一年近くが経つ。つまりはその頃から、執筆なぞできようはずもないほどに、馬琴の眼病は進んでいた。

紙を押さえた左手の指で一文字ずつ計りながら、紙に筆を押しつけてじりじりと動かす、いわゆる躙り書きでどうにか凌いできたが、もはや形を成さぬ字も多い。浄書をする版下師は年季の入った玄人であり、並大抵ではない苦労を重ねて必死に判読していた。しかし遂に玄人ですら読めなくなり、版元の文渓堂丁子屋は、何人かの筆耕者を馬琴の元に送ってきたのだが、いずれも続かなかった。

完璧に仕上げるまで一切の妥協を許さない仕事ぶりは、筆耕者を疲弊させ、ことさら気難しい性質は、その心情を害した。丁子屋の命で、三、四人はこの屋敷の門を潜ったろうか。いずれも五日ともたず、馬琴に追い出されるか、あるいは相手の我慢が切れて、怒って出ていくかのどちらかだった。

筆の達者が投げ出した仕事を、お路にできようはずもない。

ただでさえお路には、家婦としての役目がある。子育ては、長男が役目を得て、下のお幸も九歳になったから一段落したものの、出仕する太郎の着替えや衣類の仕度、女中の指図を含めた家事はむろんのこと、盲目となった舅の世話もある。さらにはこれまで馬琴が目配りしていた、法事や催事の手配に勘定事、家の造作に庭の手入れと、一切がお路の肩にかかっている。この上に執筆の手伝いまでさせられては、眠る暇すらとれそうにない。

「私にはその力がないと、お舅さまもおわかりのはずです。こればかりはご容赦ください」

「無理は承知の上だ。それでもおまえに頼むしかないのだ」

「またどなたか探してほしいと、丁子屋さんにお願いしてくださいまし。そのうち、お舅さまの気に入る者も現れましょう」

「他人では、駄目なのだっ！」

障子窓が震えるほどに声を荒らげ、見えぬ両目がお路を睨むように見据える。両目はともに濁っても黄ばんでもいない。光を失ったとは、とても信じられないほどだ。ともすると、見えているように黒目が動く。

「版元の者に代筆させたとして、わしが言うとおりに書いておるか、確かめようがないではないか。わしの前では御託のとおりにと追従しながら、いくらでも手抜きができる。誤記のまま世に出されたとしても、わしには確かめる術さえないのだぞ！」

何十年もつき合ってきた版元すら、頭から信じていない。馬琴の人間不信は、すでにからだの芯に、石のように凝り固まっている。

本を世に出すためには、実に多くの人手が必要となる。

戯作者と画師のみならず、版木の下書きを行う版下師は、原稿と画稿では職人も変わる。

版下をもとに版木に刻む彫師、その版木を何百何千の紙に写しとる摺師もいる。摺り上がった紙は裁断し、順番に並べて丁合し、表紙をつけて糸で綴じる。

　ここまでの手順一切が、すべて専門の職人の手によるもので、あつかう人の手が多ければ、間違いが生じる機会もそれだけ増える。版元はいわば、すべての手順が恙なく行われているか、総指揮をとる立場にあるのだが、相手も職人であるだけに、たとえあちらに非があるにせよ、言い方を間違えれば角が立つ。

　仮に製本された戯作の中に、たったひとつの誤字脱字を見つけても、すべてやり直せと命じるのが馬琴である。版元としては、掛かりが過ぎて元が取れない事態になりかねない。

　過去には職人との板挟みになり、たった十冊で、音を上げた版元もあったという。先に丁子屋平兵衛が、茶飲み話に語ってくれたことがある。

「平林堂と言いましてな、先生が世に知られるきっかけとなった、『椿説弓張月』を出した版元です。版した十冊はすべて、曲亭馬琴作、葛飾北斎画でしてな」

「それは贅沢な。たいそう売れたのでしょうね」

「売れ行きは上々でしたが、そこに至るまでの道筋があまりにきつくて、店主は難儀したそうです。北斎先生も、こちらの先生に負けず劣らず、うるさいお方ですから。おふたりのあいだでも、しょっちゅう悶着が起きましたし、さらにはおふた方の注文があまりに多くて、版下師泣かせ彫師泣かせと評判だったと。あいだをとりもつ平林堂は、精も根も尽きちまったんでしょうね」

馬琴といい北斎といい、妥協の二文字を捨て去ったが故に、世に才を謳われるのだろうか。他人事ながら、店主の苦労は身につまされる。

「馬琴先生ご自身は、実直な店主をいたく気に入っておられて、八犬伝も平林堂に任せるおつもりでしたが……店主は当時七十歳と相応に老いておりましたから、それを言い訳にお断りしたそうです」

平林堂が辞退したために、『南総里見八犬伝』の船出は、決して平らかなものではなかった。

最初の版元となった山青堂は、第五輯までの二十五冊を発刊したが、店が潰れて、第六輯と第七輯の十三冊は、次の涌泉堂から刊行された。しかし涌泉堂もまた、わずか四年ほどで店が没し、三軒目の版元が、いまの文渓堂丁子屋である。

窮地にあった涌泉堂を援助して、第七輯の後半を世に出させたのも、文渓堂である。その後、第七輯までの版木を涌泉堂から買い取って、第八輯以降は自ら版元となった。第八輯から未だ半ばにある第九輯まで、実に四十八冊、九年に亘って版を続けてきた。

この丁子屋に至って、ようやく八犬伝という船は、凪に入ったとも言える。

その先の原稿も、すでに馬琴から得ており、来年も二度にわたって十冊が刊行される運びとなっていた。

「嫁の私がたずねるのもなんですが、舅とうまくやっていく、こつなぞはございますか？」

平林堂の話をきいたのは、お路が嫁入りし立ての頃だった。藁をもつかむ思いで、文渓堂の主人に問うた。平兵衛は、躊躇なく即座にこたえた。

「面倒を厭わずに、小まめに先生にお伺いを立てることですな」

画が仕上がったらまず見せて、原稿版下はもちろん画稿版下も検めてもらう。版木が彫られた後も摺が終わってからも、表紙や丁合まで、うるさいくらいに馬琴の元に足をはこぶ。筆者にとってはよけいな仕事が増える一方なのだが、この手の面倒を、馬琴は決して厭わない。版元としても、製本の後に作り直すくらいなら、煩雑なまでに確認をとる方がよほど傷は浅いというものだ。

「いい加減な仕事ぶりは、先生は決してお認めになりませんし、かと言って平林堂のように、一から十まで篤実を貫いては身がもちません」

あいだを取るために思いついたのがこの方法で、仮に誤りが世に出たとしても、馬琴自身の目をかいくぐったとなれば、文句のつけようがない。

「小まめにお伺い、ですか。結局それしか、やりようがないのですね」

平兵衛の話は大いに参考になり、以来、お路も手間を惜しまず、わずか数文の出費に至るまで、いちいち舅の言質を取るようにした。

その丁子屋ですら、馬琴の全幅の信頼を得られてはいないのだ。

馬琴が気に入る者は疲弊し、道半ばで倒れてしまう。残るのは、いくぶんの狡猾さを持ち合わせ、手間と利幅の兼ね合い勘定に優れた版元だけだ。彼らも決して、誠意に欠けるわけではない。戯作者や画師に共感し、ともに作を世に出そうとの自負はある。

ただ、おしなべて作者や画師は勘定に疎く、彼らに唯々諾々と従うだけでは、儲けは望めず暖簾は潰える。要は按配であるのだが、作者画師ひとりひとりの見合い所が違うだけに、按配する版元側もさぞかし難儀であろう。

そして失明したことで、馬琴の人間不信はいっそう募っている。

「身内でというなら、清右衛門さんにお願いしては？　もとから刷物に関わっておりますし、現にいまも飯田町で、本を商っているのですから」

二代目清右衛門を引き合いに出したが、馬琴は首を横にふる。

「あれにできるのは販子だけだ。いまの商い物も、稽古本や暦に限られておる。昔いたという二、三の書店は、いずれも地本問屋で書物は扱うておらぬしな」

　地本とは、江戸で刊行された本のことだが、主に滑稽本や人情本といった草双紙や絵本をさす。これに長唄などの音曲の稽古本、細見（さいけん）と呼ばれる案内書、さらには浮世絵まで、いわば庶民に娯楽を提供するのが地本問屋である。

　対して書物問屋（しょもつどいや）は、学者や玄人のための学術書をあつかう。仏書や漢籍、医術書などが主なもので、版元の多くが上方にあり、江戸にある店もほとんどがその支店であった。本屋という呼び名も京坂から来ており、本屋とはこの書物問屋をさす。

　戯作は地本に分類される読物だというのに、自身の作は、硬派な書物にも引けを取らないとの強烈な自負が馬琴の中にはある。

　しかしいまの娘婿ではなく、お路に託そうとするのは、単につき合った年数の多寡であろう。まだ三年に満たない清右衛門にくらべれば、十四年という年季の差で、お路に白羽の矢を立てたに過ぎない。

　他人を信じぬ性分は、生きづらさを助長する。自身の不信は他者の不信を招き、いっそう自分の首を絞めることになる。失明したいまとなってはなおさら、馬琴を雁字（がんじ）搦（がら）めにしている。

　損をするまい騙（だま）されまいと身構えて、頭から疑ってかかるのだ。相手も心を許さず、人間関係なぞ築きようがない。丁子屋が辛抱強くつき合っているのも、八犬伝の人気があってこそのものだ。執筆をやめれば、たちまち縁が切れる。

舅が怖れているのは、そこだろうか？　人気戯作者という台座を外せば、ただの偏屈な年寄りだ。世間は誰も顧みず、存在すら忘れ去られる。

「筆を断つというお考えは、ないのですか？」

「八犬伝だけは、何としても終わらせる」

「終わりまでは、あとどのくらいかかるのですか？」

「いまの第九輯で終わらせる。わしの頭の中では、すでに結びまで出来上がっておるからな、あと十冊で終い(しま)とする」

十冊分の口述筆記だけでも、めまいを覚える分量だ。

「ところでお路、いまさらだが、八犬伝はすべて目を通しておるか？」

少し躊躇(ためら)ってから、正直にこたえた。

「いいえ、お舅さま。すべてにはまだ、至っておりません……私には難しくて」

うむ、と満足そうにうなずく。忙しいとか暇がないとか、言い訳のたぐいは舅には禁句だ。とはいえ、本音を明かすわけにもいかない。

三冊ほど読んでみたのだが、正直、好みではなかった。滑稽本や洒落本(しゃれぼん)、人情本なぞをお路は好む。機知に富み、和やかな笑いを生み、ほろりとさせる。嫁いでからは本を開く暇すらなかったが、娘の頃はそういう物語をよく読んだ。

式亭三馬、十返舎一九、為永春水、そして山東京伝――。

しかし舅が「高尚な読本」と銘打った『南総里見八犬伝』には、お路は少しもそそられない。ろくに読んでおらずとも、版元や世間が声高に語ってくれるから内容は知っていた。

漢字にはすべてふり仮名をふってあるから、読めぬことはないのだが、時代がかった舞台も、奇天烈な人物や話運びも、嵩にかかった小難しい表現すら、違う意味で滑稽に見えてくる。いわゆる歌舞伎でも、世話物と呼ばれる人情物や舞踊は好きだが、時代物にはさほど魅力を感じない。荒唐無稽と大げさが過ぎて、人物に寄り添うことすらできず物語に引き込まれることもない。

日々、現実の家事に追われ、糟糠にまみれたいまとなってはなおさらだ。馬琴の構築した世界は遠過ぎて、何の親近感も抱けないのだが、「女子供には難しい」と言っておけば、ひとまず舅の勘気を買うことはない。

実を言えば読本にも、好きな作品はある。上田秋成の『雨月物語』だ。

絵に重きが置かれた草双紙に対し、文を主体にしたものが読本である。読本の地位を盤石にした作品のひとつが『雨月物語』であり、舅は口には出さないが、山東京伝や馬琴にも影響を与えたと言われる。

唐の小説に強い影響を受け、怪異をあつかうのは八犬伝と同じだが、どこか詩歌に通ずる抒情があり、ふと気づけば死霊と化した者たちが背後に佇んでいるような、身近な怖さを感ずる。情の濃さは翻れば怨念と化し、実直な者もいつ不実を働くかわからない。誰の心の中にも潜む、危うさや弱さを思い知らされ、心に響く。

この物語のもうひとつの魅力は、女たちにある。夫を死ぬまで待ち続けた宮木の一途は切なく、裏切った夫と愛人を、死してなお追い詰めて呪い殺した磯良は、妻の身としては痛快とも言える。

対して八犬伝に登場する女たちは、どうにも好感が持てない。

八犬士の生みの親たる伏姫は、穢れなき巫女のような女性で、母性の神格化に他ならない。犬士の許嫁であった浜路は、ただただ悲運に翻弄されて息絶える。他方、玉梓や船虫は、里見家と八犬士に仇なす悪女として非道の限りを尽くす。

一言でいえば、女のあつかいが雑なのだ。女からしてみれば、白けることこの上ない。八犬伝の中で善とされるのは、男にとって都合の良い女ばかりだ。男尊女卑は世の慣いとはいえ、宙に浮いたような人物像では共感ができかねる。女性の贔屓の大方は、八犬士を役者のようにもてはやす手合いであった。良さを理解できない読本に携わることもまた、億劫でならず、お路の腰をいっそう重くする。

「お舅さまが無理をなさらなくとも、どうにかやりくりは叶いますし」

馬琴はすでに七十五歳。とっくに楽隠居に入って然るべき歳だ。

鉄砲同心の拝領屋敷だけに家賃はかからないものの、太郎の扶持米だけでは、一家五人が暮らすにはとても足りない。それでも身過ぎの方途がないわけではない。宗伯亡き後も、煎じ薬や丸薬だのの薬は作り続けており、それを飯田町で義姉が売っていた。

だがやはり、金のためだけではないのだろう。できれば未完の作品はすべて仕上げたいが、まずは八犬伝だと言い張った。

お路はその日は返答を避け、次の日もその次の日も断り続けたが、馬琴の決心は変わらなかった。

「お路、おまえしかおらぬのだ。わしの述する八犬伝を、紙に写しとってくれ」

同じ主張をくり返されて、四日目にとうとうお路は承知した。人ひとりがやっと通れるほどの狭い茨の道を、わざわざ舅と並んで進むようなものだ。毎日どれほどの血が噴き出すことか、あらかじめわかっていたつもりだった。

だが、いざ始めてみると、代筆の困難は想像をはるかに凌駕（りょうが）した。

まずとりかかったのは、馬琴がすでに筆記した原稿を、改めて書き直すことだった。薄墨で縦に線を引いた原稿用紙に二十数枚、ほとんど見えない状態で、ただ手先の感覚だけを頼りに墨を置いたのだろう。辛うじて判読できるのは三割ほどか。

その二十数枚はすべて、改めて馬琴が口述し、お路が書き留めることとなった。

「では、始めるぞ。てぜいとともにむかいへわたして……よすがらろじをいそぎけり」

「隊兵（てぜい）」までは、馬琴の原稿を使うこととなり、「とともに」からお路が代筆する。

「ともは共白髪の共ではなく、人偏につぶさのともだ」

「つぶさ……つぶさとは、どのような？」

「そんなこともわからぬのか。具だ、仏具の具、具合の具。人偏に具（つぶさ）で倶（とも）と読む。このくらいでつまずかれては、先が思いやられるわ」

緊張と焦りで、一瞬、頭が真っ白になってしまった。具（つぶさ）や倶（とも）なら、お路も知っている。さらに俗字の「倶」ではなく正字の「倶」を使えと、いちいち細かい。

と倶に前岸へ渡して。（…）通宵路次をいそぎけり。休題再説。この日十二月八日の暁天に。烈婦音音は料らずも。那大茂林の澳邊にて。仁田山晋六武佐の柴薪舩を燔撃せし時。那身は蚤く大洋に跳入りつゝ燬を免れて。浮つ沈つ泅ぐ程に。


たった数行を文字に起こすだけで、お路はすっかり疲れきってしまった。

漢字のほぼすべてにふり仮名をふるのは、読者層の広い草双紙や読本の常である。燔撃や燬など、お路が見たこともない漢字は仕方がないとして、共ではなく倶、終夜ではなく通宵、図ではなく料と、ひとつひとつが馬琴のこだわりで難読な字を当てている。

初回ということもありお路は混乱し、自分でも呆れるほどに覚束なかった。

ただし馬琴の説明も、お世辞にもわかりやすいとは言えない。

たとえば、「かの」と読む「那」の字を、馬琴はこう説いた。

「かのには、なんぞの字を当てなさい。……なに、わからぬだと？　旁はおおざとで、和語では、なんぞ、いかんぞ、漢語ではなと読む」

旦那の那だと言ってくれれば、すぐに飲み込めたものを、わざわざ偏がどうの旁がどうのとやかましく、己が知識を誇示するのみならず、嫁を馬鹿にする始末だ。

「偏や旁くらい、手習いで修めて然るべきであろうが。いくら女子の身とて、父君は御殿医。もう少しましな手ほどきを、元立殿より受けなかったのか」

いちいち挟まれる馬琴の説教は、長い上に嫌みったらしい。不手際を叱るだけならまだしも、嫁の育ちや実家の教育にまでネチネチとこぼす。

好んで始めたわけでもなく、たちまち向かっ腹が立った。

「私の筆では心許ないと、初めに申し上げたはずです。やはり別の方に、お頼みなさりませ」

「教えを乞う身でありながら、短気を起こすとは何事か！　おまえはどうも堪えがなくていかん」

この舅に短気を戒められるだけでも腹立たしいというのに、嫁が引き受けてくれたとの感謝の念すら一片もない。煮えくり返る腸を押し留めるのが精一杯で、鼻の穴をふくらませながら、じっとりと舅を睨んだ。舅に見えていないことだけが、ある意味では幸いだ。

口述筆記は思うように捗らず、むしろ日を追うごとに、互いに苛々が募り、らしくない口喧嘩もしばしば起こる。

「だから言うたであろう！　火偏になべぶたにつくえだと」

「ですから、その申しようを変えていただきたいのです！　鍋だの机だのと説かれるよりも、抗う(あらが)の手偏を火偏に変えると述べた方が、よほどすんなり伝わりましょう」

「わしは先々を考えて、丁寧に教えているのだ。偏や旁を頭に叩き(たた)込んだ方が、長い目で見れば手間がかからぬ」

　馬琴は最初、そう主張して譲らなかった。おかげでしばらくのあいだ、㣺(したごころ)だの覀(かなめのかしら)だの麦(ばくにょう)だのが、絶えず頭の中を飛び回るようになった。いずれも偏や旁、冠や脚の名称なのだが、お路にとってはどれも初耳だ。

「お母さん、大丈夫？　疲れてる？」

　書斎を出て居間に戻ると、お幸が顔を覗き込む。九歳の娘に気遣われるほど、顔に出ていたのだろう。

「お兄ちゃん……じゃない、あにうえさまに手伝ってもらったら？」

「兄上さまも、お役目があるでしょ？」

　慣れない勤番で、疲れているのは太郎も同じだ。手習いを修めたばかりの子供に、大人と同じ仕事を強いているに等しく、いまさらながら息子が哀れに思えてならなかった。

もとより太郎の読み書き嫌いは、馬琴も十分に承知している。

ふと、生を授けてやれなかった、我が子のことを思い出した。流産した子は、男の子だった。お幸が産まれる前年であり、無事に育っていれば十歳を迎えていた。もしかしたらあの子は、兄には似ず学問好きだったかもしれない――。そんな詮無い思いが胸に込み上げる。

「……お母さん、どうしたの？」

娘の澄んだ目が、心配そうに母に注がれる。

目尻に浮かんだ涙が見えぬよう、娘から顔を逸らした。

この年は、一月の後に閏一月があった。お路が八犬伝の代筆を始めたのが一月下旬、それからのひと月ばかりのことを、お路はあまりよく覚えていない。

口述筆記の進みようは亀よりも遅く、互いの苛立ちが増すばかりだった。

舅への不満ばかりではない。できないことが悔しく情けなく、人前で滅多に泣かないお路が、歯を食いしばりながら何度も涙をこぼした。目の前にいる舅には気づかれぬよう、嗚咽を堪えたつもりだが、馬琴も察していたに違いない。むっつりとした顔で、しばし黙り込み、そのような気遣いすら癪に障った。

この一年、決して遊んでいたつもりはない。太郎が元服した昨年の一月頃から、お路はたびたび舅の仕事を手伝ってきた。文の代筆と代読はむろんのこと、丁子屋から戻される版下原稿を音読し、修正の筆を入れていたのもお路である。

しかし読むと書くとでは、これほどまでに開きがあるのか――。

いや、わかっていたつもりだった。だからこそ、あれほど頑強に、舅の依頼を固辞したのだ。それでも予想していた以上に、対岸はあまりにも遠い。霧の中に川船を漕ぎ出したごとく、行けども行けども馬琴の立つ向こう岸は見えず、いまどの辺りにいるのか見通しすら立たない。

それが怖ろしく心細く、そしていまの心情を察してくれる者は、この世にひとりもいない。夫の宗伯なら、理解を得られたろうか。話したところで、妻の不足を咎めるだけであったろうが、この五里霧中に等しい頼りなさを、正確に推し量ることができたのは夫だけであろう。

宗伯はずっと、こんな思いをしていたのか――。

どんなに懸命に努力して船を漕いでも、辿り着くべき岸は見えず、いつもいつも霧の中にとり残される。ごくたまに父の姿を認めても、それは蜃気楼に等しく、たちまちかき消える。川の真ん中に漂いながら、戻る方法も進む方角も見失い、ゆっくりと沈んでいく夫の姿が脳裡に浮かんだ。

川の水は澄んではおらず、水面には油に墨を垂らしたごとく、一面に文字が浮かんでいる。水底へと宗伯が引き込まれるごとに、そのからだから血のように新たな文字が滲み出て、水面へと立ち上り、文字の川はいっそう密度を増す。血の最後の一滴まで絞り出された夫のからだは、墨色の水底へと呑み込まれる——。

「きいているのか、お路！　何をぼんやりしておる！」

舅の叱声で、我に返った。眠っていたわけではない。限界に達した脳髄が、それ以上考えることを放棄して、ぽっかりとあいた空白に幻影が流れ込んできた。

実際、お路のからだは悲鳴をあげていた。己が書きとめた文字を見るだけでめまいを覚え、墨のにおいが鼻を突くと吐き気が込み上げた。

「お舅さま、今日はこの辺で切り上げてもよろしいでしょうか。他の用向きもございまして……」

「馬鹿を申すな！　昨日の半分も進んでおらんではないか。漢字雅言はもとより、並の俗字さえ覚束ない。仮名遣いもてにをはの使い分けもできない。さような不出来を我慢しておるというのに、この上、怠けるとは何事か！」

悪阻のようなむかつきを覚えて、襟元をぎゅっと押さえた。我慢の限界を超えたのは、お路の方だ。せめて労わりの言葉ひとつでもあれば、これほど打ちのめされることもあるまい。無理解こそ、最大の暴力だ。この半月余、ひたすら叱声に殴られ続けて、お路はすでに傷だらけだった。

その傷から血が滲み出て、墨となり文字と化す。さっき見た夫の幻影は、お路自身の行末の姿だ。猛烈な吐き気が込み上げて、言葉となって口から吐き出された。

「……私も、殺すおつもりですか？」

「なんだと？」

「宗伯さまは、お舅さまに……いいえ、この八犬伝にとり殺されたのです！」

馬琴の見えぬ目が、かっと見開かれた。それから怯んだように瞬きをくり返す。

「八犬伝は、まるで血吸い草です。人の生き血を吸いとり糧として、どんどん大きくなっていく化け物です。宗伯さまは一滴残らず血を絞られて、八犬伝の血肉とされて命を奪われたのです。宗伯さまだけではありません。前の清右衛門さまも同じです！」

馬琴の膝においた両手が、わなわなと震えた。ひどいことを言っている――嫁の口応えでは済まない悪口をわめいている。自覚はあったが、止められなかった。

「いまの清右衛門さまだって、遅かれ早かれ同じ顛末を辿りましょう。関わった画師も版元も職人も、いったい何人がその贄とされたことか。寿命を縮め、若くして斃れ、お舅さまの足許には骸ばかりが築かれる」

私のもうひとりの男子も、その犠牲になったのだ。深い後悔とともに、胸の中で呟いた。

不幸は馬琴自身の、家族にもおよんでいる。馬琴の父親も、四人の兄も、若くして亡くなった。かくして五男である馬琴が、滝沢家を継いだ。むろん戯作者となる前の話だが、やはり八犬伝の身の内にとり込まれたような気がしてならない。

馬琴には、絶えず病と死がつきまとい、離れない。一方で、肥え太るのは作品と、馬琴の名声だけだ。

「どんなに名を上げたところで、たかが戯作。名のとおり戯れに過ぎぬ、絵空事ではありませんか！　米や魚のように腹もふくれず、雨露も凌げない。仮にこの世から消えたところで、困る者なぞおりません。そんなもののために、何人の命が奪われるのですか！」

「そんなもの……」

「ええ、そんなものです！　お舅さまだって仰いました。八犬伝はすべて、その頭の中にあると。実も形もない、空想でありましょう？　そんなもののために、身を削れと私にお命じになる。いいえ、私だけならまだしも、太郎やお幸まで、その災厄に巻き込むおつもりですか！」

　ぴしっと、空気が鳴った。いや、実際は、音なぞしていない。

　思わず腰を浮かせた馬琴が、平手でお路を打った——打とうとしたのだ。

　見えないだけに目測が利かず、真横にふった右手は、ただ空を切っただけなのだが、たしかに頬に当たったように、お路には感じられた。

「もういい！　もう頼まん！　そんなものと侮っておる者に、頼む義理なぞない。即刻に出ていけ！」

　矢継ぎ早に怒鳴られて、書斎から退散した。先刻とは別の疲れが、ずっしりとのしかかる。鬱憤に任せて、言ってはいけないことを口にした。後悔しても、もう遅い。

　言葉とは思いのほか鋭く、ときに槍や刀よりも、よほど深く相手を抉る。

　お幸は手習いから帰っておらず、太郎は今日は非番の筈だが、道場にでも出かけたか。お百は例のごとく、飯田町に行ったきり戻ってこない。

　家の中は妙にしんとしていた。居間に腰を落とし、しばしぼんやりした。

　どのくらい経ったろうか。ふいに勢いよく、襖があいた。

「えっ、おかみさま？　すみません、こちらにいらっしゃるとは思わなくて……てっきり、ご隠居さまのところかと……」

女中がへどもどしながら、言い訳をはじめる。もう何人代わったのか数すら覚えておらず、十年前くらいだろうか、太郎が馴染んでいたおなつが辞めた頃から、お路自身もことさら女中と馴染むことをしなくなった。打ち解けたところで、甲斐がないからだ。どんなに女中の顔ぶれが変わっても、この家を忌避して逃げ出すことだけは、見事に一致していた。

いまはおそらく、お路もその理由に入っていよう。冷淡でとりつく島のない女主人と、思われていることは承知していた。

「あの、あたし、買物に行ってきます。では、これで……」

急いで出ていこうとする女中を止めて、お路は言った。

「お待ち。買物は、私が行きます」

「え、あの……昨日の粗相のためですか？　今日はちゃんと、決められた店で買いますので……」

「私の目利きで、求める品があるのです。おまえには、ここの掃除を頼みます。そのために来たのでしょう？」

はい、としおしおと女中がうなだれる。この女中も三月ともたぬだろう。

買物の件は気にするな、おまえのせいではない。一言添えてやれば、少しは女中の表情も晴れやかになろうが、馬琴が控えている限り、どのみち結果は同じだ。

いまはただ、外に出たかった。舅から離れて、ひとりきりになりたかった。

門を出ると、早春の冷たい空気を胸いっぱいに吸った。空は薄曇りだが、幸いにも風はない。高台にあるこの地には、めずらしい日和だった。

「さて」と、お路は声に出した。どちらに向かおうか、しばし考える。

この信濃町は、江戸の片田舎とも言うべき辺鄙な場所だ。東南には、広大な紀伊家の中屋敷が広がり、北東に四ツ谷御門、北西に内藤新宿。内藤新宿までが朱引の内、つまりは江戸の府内となり、それより外は同じ江戸でも府外となる。

さらに町屋までの距離が、とにかく遠い。いちばん近いのは、寺町に挟まれた町屋か、あるいは渋谷村に近い千駄ヶ谷町だが、今日は気晴らしもかねて、甲州街道まで出ることにした。四ツ谷御門から西に向かうのが甲州街道で、内藤新宿の手前、四ツ谷大木戸まで、道の両側は町屋で占められて繁華だった。

必要な買物があるとは建前に過ぎず、一家の主婦と認められても、相変わらず財布の紐を握っているのは馬琴である。店の冷やかしがせいぜいだが、活気に満ちた人声が響く中に身を置くだけで、息を吹き返すような心地がする。

行き交う物売りや小間物屋の店先などをながめながら、ぶらぶらと歩いた。

「そういやあ、八犬伝は読んだかい？」

一瞬、自分に問われたような気がして、ぎくりと足が止まった。幻聴かとも疑ったが、そうではなかった。

行儀よく店が並んだ通りに、一軒分だけぽかりと空いている。どうやら建て替えの最中のようで、白木の骨組みを晒していた。その中で、大工や鳶らしき者が七、八人、昼の弁当を使っていた。大工らが声高に語っている話題の中心は、八犬伝であった。

「そりゃあ、読んでるさ。あたりめえだろ」

「そうじゃなく、この前出たばかりの、刷りたてほやほやの十冊だよ」

「うおっ！　おめえ、読んだのか！　まだ、貸本屋にも出回り始めたばかりじゃねえか」

「おれなんざ、順が回ってくるまでに、ふた月はかかると貸本屋に言われたぞ」

「それがよ、去年、娘が嫁いだろ？　そこの隠居に伝手があるとかで、いち早く手に入れたそうなんだ。普請が引けてから毎日、娘の嫁ぎ先に通い詰めてよ、まあ、向こうさまや娘には呆れられたが、おかげで昨日、十冊すべて読み終えたぜ」

ほおお、と羨望と垂涎の眼差しが、語り手の大工に向けられる。

「で、で、続きはどうなったんだい？　たしか前の巻は、敵方が兵をまとめて、里見に向かわんとするところで終わったろう？」

「それがな、荘介と小文吾が……」

「馬っ鹿野郎！　そっから先を言ったら絞め殺すぞ！　楽しみが失せちまうじゃねえか」

「てめえもてめえだぞ！　続きなんぞ、迂闊にたずねるんじゃねえよ」

悦に入る大工に、血相を変えて怒り出す者もいれば、やんやと野次をとばす者もおり大賑わいだ。それから先も、話題は八犬伝でもちきりだった。八犬士の誰を贔屓にしているか、敵方でいちばん憎たらしい奴は誰か、どの場面でもっとも泣いたか、もっとも心騒いだか――。

どの顔も生き生きとして、実に楽しそうだ。

たかが絵空事、あの偏屈な舅の、頭ひとつで生み出された代物に過ぎない。衣食住にも関わりなく、この大工たちの方が、よほど人様のお役に立つ仕事をしている。

なのに、どうしてこうまで夢中になるのか。嫁いだ娘のもとに毎日通う気詰まりを押してまで、人より先に読もうとするのか。架空の人物と出来事に過ぎないものを、際限なく語り合うのか。

これではまるで、生甲斐ではないか——。

お路の頬に、雨が降ってきた。泣いているのだと、お路は気づいた。

『八犬伝だけは、何としても終わらせる』

覚悟に満ちた、馬琴の声がよみがえった。舅の意地と矜持ばかりでなく、贔屓たる読者のためであったのだろうか。おそらく国中の読者を合わせれば、百万にすら届くかもしれない。そのひとりひとりが、続編を、そして大団円を、焦がれるほどに待ち望んでいる。

完成に至らなければ、その夢と期待を砕き、裏切ることになる。

三十年近くのあいだ、ひたすら執筆を続け、すでに九十六冊百七十六話。版木の枚数は、三千を超えたときく。

半生を費やした、まさに生きた証しが八犬伝であり、読者にとってはそれが、渇いた喉を通る一杯の水であり、空腹を満たす米であり、凍えたからだを温める炭となり得る。

ふいに天啓のように、お路は悟った。

読物、絵画、詩歌、あるいは芝居、舞踊、音曲——。

衣食住にまったく関わりないこれらを、何故、人は求めるのか？

それは、心に効くからだ。精神（こころ）にとっての良薬となり、水や米、炭に匹敵するほどの生きる力を与える。

八犬伝がこれほど歓迎されるのも、荒唐無稽であればこそだ。窮屈な日々の暮らし、煩雑な人付き合い、身内の厄介、己の不甲斐なさ——。人生は、小さな悲哀に満ちている。

現実からかけ離れているからこそ、読者は一時でも悩みや煩わしさから解き放たれて、馬琴の拵（こしら）えた世界に高く舞うことができるのだ。

未完となれば、悲嘆と落胆はいかばかりか。馬琴もまた死んでも死にきれまい。

大衆にここまで求められ、これほど幸せな物語も他にあるまい。

この幸福な戯作を紡いだ作者はいま、書斎でひとり座している。

真っ暗な闇の中で、好きな書物も読めず、まともな文字すら書くこともできず、最後の頼みの綱としていた嫁からも見限られ、傍から見れば、絶望のどん底に伏す哀れな年寄りだ。

けれどお路は知っている。曲亭馬琴は、決して屈しない。どんな修羅であろうと乗り越えんとし、実際に打ち勝ってきた。嫡男の死にすら、不屈を見せた。

馬琴の生への執着を繋（つな）げたのは、八犬伝だ。周囲の生を吸いとってまで、大きく成長した物語は、いまも作者の頭の中で、いまかいまかと、早く出せと出番を催促している。

闇の中に端座して、馬琴だけがその声に必死に耳を傾ける。

馬琴の中からあふれ出る物語を、受け止めることができるのは――物語の声を、馬琴の口述を紙に焼きつけ、この世に留め、世間に示すことができるのは――江戸広しと言えど、お路だけなのだ。

薄曇りの空から日が差して、お路の足許に光が届いた。

自ずと足が踵(きびす)を返し、お路は速足で信濃町の自宅を目指した。

七　曲亭の家

お路の代筆原稿が初めて仕上がったのは、閏一月下旬のことだった。

「お母さん、痩せたね。ちゃんとご飯食べないと」

娘に案じられるほどに、このひと月ほどで、目方は大きく減った。

己が役目の確かさに気づき、舅に詫びを入れたところで、いきなり漢字の素養が上がるわけでもない。叱責を受ける頻度は変わらず、終始気を張りながら、情けない自分と向き合う。心労と疲れは嵩を増す一方で、書斎から出たときには口を利く元気すらない。食欲なぞまったくわかず、食は細る一方だった。

眠りだけが、唯一残された安らぎだったが、それすら文字の洪水に呑まれる夢を見て、しばしば引きずり出される。

ひとまず無事に稿了を迎えたのだから、本当なら感無量とも言うべきなのだろうが、露ほどもそんな気になれない。

お路が代筆したのは、巻四十六のごく一部だ。巻四十六は上下二冊で、上巻と、下巻の三分ほどまでは、馬琴の原稿をそのまま使った。残りの七分を口述筆記したに過ぎない。

たったそれだけで精根尽き果てていて、とてもこの先、残り八冊を綴ることなぞできそうもない。むしろ始めた頃よりも自信を失って、ずっしりと重い気塞ぎを抱えながら、丁子屋平兵衛に原稿を渡した。

「いや、これほどとは……たいしたものです、お路さま」

「お世辞は、結構ですよ」

「世辞なぞではございません。字の美しさ、わかりやすさもさることながら、どことなく馬琴先生の手蹟（て）に似ております。そのように気を配られたのですか？」

「はい、できるだけ。文の代書は一年ほど続けておりますので、舅（ちち）の字とあまりに違う女文字では、先さまも戸惑いましょうし」

真似（まね）るというほどではないが、手紙の代筆には相応に配慮した。原稿も自ずと、同じ手蹟になったまでの話だ。それでも平兵衛は驚きと感嘆を込めて、お路の原稿を褒めちぎった。

「これなら版下師も、大いに楽ができましょう。ここ一、二年は、先生のにじり書きを読み解くのに、たいそう難儀をしておりましたから」

「少しでもお役に立てば、幸いです」

「それにね、お路さま。この稿に、どれほどの苦労が込められているか、どれほどの汗と涙の賜物か、私ども一同、誰よりもお察ししておりますよ」

深い笑顔でうなずかれ、涙がこぼれそうになった。既のところで留めたが、少なくとも、努力は無駄ではないと、よくやったと認めてくれる者が身近にいる。その有難さは、胸にしみた。

版元の称賛や、娘の励ましは、どうにか続けていくだけの力をお路に与えた。

そして、こちらの心構えは、相手にも伝わるものだ。馬琴の叱責の数も、日を追うごとに少しずつ減っていった。むろん、互いの慣れもあろうが、手酷い言葉を投げたあの一件以来、お路は決して投げ出さず、舅の無理な要求にも懸命に食い下がった。

馬琴の言いつけに、ただ従っていたわけではない。わからないとはっきりと口にして、別の説明で伝えてくれと、注文をつけることもある。

勘気を買うことを恐れていては、肝心のところを見失う。八犬伝の原稿を完成させること。お路がここにいる意義はそれだけだ。そのためなら、ときには抗うことも辞さず、罵倒や叱責すらも、平然と受け止められるようになった。

やはりもっとも暇がかかるのは、難しい漢字の手ほどきである。口で足りない分は、馬琴が机や掌に指で書いてみせるのだが、お路が正しく書いたかどうか、それを伝えることも一苦労だ。

疲れが頂点に達し、筆も頭も動かなくなったときは、厠だの女中への指図だの理由をつけて、いったん書斎を出ることにしている。気を落ち着けるだけではなく、頭の整理をするためだ。

そして就寝前には必ず、その日に習い覚えた新しい字を書き留めて、熟語や読み、舅が固執する偏や旁なども、できる限り書き添えて、いわば自分専用の漢字帳を作った。

努力はいつか報われるなどと、大仰に考えていたわけではない。これもまた、家事の一部だと、割り切っていただけだ。

女に課せられる仕事には、昇進も褒美もない。家政はできてあたりまえ、つまずけば粗忽者だと謗られる。しかし甲斐がないわけではない。妻が、母が欠けるだけで、たちまち日常は滞る。三度の飯だけではなく、家族のきしみに油を差してまわるにも、女性の存在は絶対である。

原稿の代筆は、家事というより家計の一助と言った方が正しいが、傍目からは見えないところに気を配り、努めることでは同じだった。

とはいえ、すべての女が家政に長(た)けているわけではなく、才に恵まれない者は、悪妻と称される。姑(しゅうとめ)のお百もまた、そのたぐいだろう。

お百が身罷(みまか)ったのは、最初の代筆原稿が上がった翌月、二月初旬のことだった。

ここ数年、お百の住まいは、主に長女夫婦のいる飯田町であった。馬琴が嫁に懸想しているとの妄想が発端で、お路との同居すら嫌がったが、七十半ばを過ぎると、さすがに衰えが目立つようになり、足腰もずいぶんと弱くなった。去年の九月末、お百は湯あたりで倒れ、翌日から立てなくなった。風呂のある町屋まで遠いこともあり、馬琴は四ツ谷宅に内風呂を据えた。風呂に入りたいとの理由で、お百が四ツ谷宅に戻った日のことだ。

倒れてからは厠すら立つことができず、御虎子(おまる)を使った。下の世話も含めて、介抱したのはお路だった。

「あんたの顔なんて見たかないよ。まわりは騙(だま)せても、あたしの目はごまかせないからね。先生も先生だよ。なにさ、質草のように女房を家から出して。そんなにあんたとふたりぎりになりたいのかね」

動けずとも口は達者で、妄想も健在だった。甚だあつかいづらい姑であったが、病人相手にやり合うわけにもいかない。まともにとり合う気はなく、また、お路の側にも引け目があった。お百の文句の半分は、当たっていたからだ。

義理の親の老いは、お路ひとりに重くのしかかり、無理がたたってお路自身が床に臥したこともある。あるいはふいの出来事で、家内の雑事が繁多になることもある。お路がどうにも回せなくなると、そのたびに馬琴は老妻を飯田町に預けた。

質草とは言い得て妙だ。飯田町という質屋に出されるたびに、夫への恨みは募り、嫁への悋気と化す。自分がいかに役立たずか厄介者か、その事実を認めるのは、誰にとっても酷なことだ。ありもしない妄想に浸る方が、よほど楽というものだ。

お路は姑の心情を察して、ただ黙々と看病に当たった。

ひと月半ほどが過ぎ、暦は十一月に変わった。足を揉んでいる嫁の横顔をながめて、お百が言った。

「おまえ、顔色が悪いね。どこか悪いんじゃないのかい？」

「ああ、いえ、大丈夫です。ここ二、三日、仕立物のためにあまり寝ていなくて」

「仕立物って、太郎のかい？」

「はい、急に出仕が決まったので、もう大わらわで」

姑の看病は、ちょうど太郎の初出仕の頃と重なっていた。お路は大急ぎで着物の仕立てを行わねばならなくなったが、ちょうど女中が辞めてしまい、働き手が足りぬことも重なって、正直なところ疲れは限界に達していた。

「あたしが手伝ってやれりゃ、いいんだがね。針孔どころか、糸目を追うことすら覚束なくってね」

「お気持ちだけ有難く。お姑さんは、病を治すことを心掛けてくださいまし」

右足を終えてから、布団の反対側に回り、左足も同様に揉みほぐす。それから腰と背中にかかるのが日課であったが、腰にかかるより前に、お百はふたたび口を開いた。

「お路、あたしは飯田町へ行くよ。お咲に文をやって、庄さんを迎えに寄越しておくれ」

二代清右衛門の本名は、庄次という。前の清右衛門は、清さんとお百は呼んでいたが、同じ名では具合が悪いのか、お百はもっぱら二代目を庄さんと呼んでいた。

「やはり私のお世話では、ご不満ですか……」

つい大きなため息がこぼれた。仲は険悪でも、顔に出さぬよう努めてきたつもりだ。甲斐がないのは、やはりやるせない。

「そうじゃないよ。このままじゃ、おまえが早晩倒れちまう。あたしがいなけりゃ、少しは楽になるだろ。ひと頃にくらべれば、からだもだいぶましになったし、そろそろお次の顔も見たいしね。あの子も来年、十二だろ？　娘らしくなる頃だから、見逃したくないんだよ」

裏表のない姑だけに、本心だろう。とはいえ気が変わりやすいのも常で、どこまで本気にとっていいかわからない。

「お路、おまえには、世話になったねえ」

「……え？」

「ずいぶんと意地悪も言ったけど、おまえはよく尽してくれた。有難いと思っているよ。あたしからの、せめてもの礼だと思って、飯田町へやっておくれ」

しぼんだ皺だらけの顔には、いつになくゆったりとした笑みが浮かんでいた。

お路の背中が、ふいに粟立った。いつもと違う姑の態度が、別の不安を生んだ。

「らしくないことは、よしてくださいましな、お姑さん。何だか別れの挨拶みたいで、かえって気が揉めます。明日の朝ぽっくり、なんてことにでもなったら……」

「ちょいと！　勝手に殺さないでおくれよ。何だい、たまに下手に出たら、その言い草かい。まったく可愛くない嫁だねえ」

幸い、翌朝もお百は息災で、また決心も変わらなかった。

十一月上旬のうちに長女の家に移り、翌月までは床に就いていたが、年の瀬には本復し、正月を迎えた。食欲もすっかり戻ったと、二代清右衛門が義母のようすをたびたび伝えにきた。

その清右衛門が、血相を変えて駆けつけてきたのは、二月六日の正午前だった。

「今朝、起きたら、お姑さんのようすがおかしくて……昨晩までは壮健そのもので、私が法事でもらった菓子をふたつも平らげて、冗談なぞ言って上機嫌だったのですが……」

お咲の話では、妙に大きな鼾をかいていたというから、寝ているあいだに卒中を起こしたようだ。太郎は出仕しており、馬琴は目と足が不自由な身だ。

ひとまずお路は、ちょうど昼時で手習いから戻ってきた娘とともに、先に飯田町に向かったが、死に目には間に合わなかった。いましがた息を引き取り、医者も確かめたと、お咲は泣きながら告げた。

「去年、うちに来てからは、お路さんのこともよく口にしていたわ。私の世話が気にいらないと、お路はもっとていねいだったとか優しかったとか、よく文句をこぼされて。そういう言い方しかできない人だったけど……きっと大事にされて、嬉しかったのね」

お百の死に顔は、意外なほどに穏やかで、口許はうっすらと微笑んでいた。

『お路、おまえには、世話になったねえ』

あの日、向けられた笑みによく似ていて、お路の頬を涙が伝った。


お百の葬儀が営まれ、その半年後、八犬伝の口述筆記は終わりを迎えた。

物語は関東大戦という最後の山場を迎え、数万の兵による管領連合軍を、八犬士と里見軍が見事退けて勝利を果たす。勧善懲悪の筋立てだけに、この結末は予想の範疇とはいえ、ひとつだけお路が意外に思ったことがある。

「敵方の将の多くが、許されて命が助かるのですね」

戦で散った武将はいるものの、勢いを失った敵方が和議を受諾すると、里見軍は敵将に寛大な処遇を施し、敵味方を問わず、戦没兵をねんごろに供養する。

戦においては敵将の首を取ることこそが勝利であり、八犬伝の元となった『水滸伝』もやはり同様だ。よくぞきいてくれたと言わんばかりに、馬琴は胸を張った。

「犬江親兵衛がもつ玉の字は、存じておろう？」

「はい、仁です」

「八犬士は、平和と独立の国を築くために戦い、その新しき国の要(かなめ)こそが仁なのだ」

犬江親兵衛は、八犬士の中ではもっとも若い。まだ童子と呼べる存在でありながら、物語後半では主役として活躍する。完全無欠の英雄であり、関東大戦では神薬を用いて死者をよみがえらせるという神業までやってのける。

この犬江親兵衛には、太郎が投影されている。馬琴は口にせぬものの、筆記を続けるうちにお路にもわかってきた。宗伯が死んで太郎が後を継いだ頃から、物語の中の親兵衛もまた彩りを増す。

実際の太郎は、相変わらず図体ばかりが立派で、中身は年相応の十四歳の少年のままだった。威勢のわりには甘ったれな部分が抜けず、ともすれば妹のお幸(さち)の方がよほど大人びている。年上の同心たちの助けを得て、どうにか役目をこなしているが、慣れぬこと故、家では愚痴や文句も素直にこぼす。もちろん、祖父の耳には届かぬようにだ。

仁とはいわば、儒教の教えの核であり、馬琴が孫に求める究極の姿が、親兵衛であろう。

至らなさも含めて、息子の性質を承知しているだけに、ややもすると馬鹿馬鹿しさすら感ずるが、馬琴は案外本気で、孫に無欠たれと望んでいる。あいにくと太郎には、父親のような生真面目さも繊細さもなく、祖父の期待なぞどこ吹く風だ。お路にとっては、むしろ幸いに思えた。

大戦の後、物語は大団円を迎え、八犬士や里見家のその後が記される。

ようやく肩の荷が下りたと、安堵したのは束の間だった。

「回外剰筆を書くことにした」と、馬琴は達した。

要はあとがきである。このあとがきが、また長い。最終巻たる巻五十三下のまるまる一冊を使って、執筆に当たった二十八年間の、馬琴と滝沢家の実情をかなり赤裸々に明かしている。

代筆を行ったお路も登場するのだが、案外なほどにひどい言われようだ。

「一字毎に字を教え、一句毎に假名使を誨るに、婦人は普通の俗字だも知るは稀にて、漢字雅言を知らず。假名使てにをはさえも辨へず、偏傍すらこゝろ得ざるに」

「お舅さま、不束は承知しておりますが、さすがにあまりに……」

この一文を書き取っているのも、もちろんお路である。たまりかねて途中で文句を挟むと、まあ、待て、と馬琴は身振りで留める。

「ここで大げさに落としておけば、後でもち上げた折にいっそう盛り上がるのだ。おまえの忍耐や努めようは、後文で叙するつもりであるからな」

あとがきすら、馬琴にとっては戯作なのである。馬琴の言う山場にかかるまでは、熟字を知らない、句読も覚束ない、読み上げさえしどろもどろだと散々な言われようだ。とどのつまり、いちいち大仰に描くことが、馬琴流の戯作の心得なのであろう。

自分への罵倒を、一言一句違わず書き留めるのだから、我ながら何をしているのかと呆れる思いだ。嫁の至らなさをたっぷりと吹聴し、無理だ、もうやめようと考えたのも一度や二度ではないと苦衷を明かす。そして、作者がいかに根気よく手ほどきしたか、嫁がいかに辛抱強くたゆまぬ努力を続けたか、少しずつ上達する過程が描かれて、最後に大いに賛辞を送る。

作を代筆する者が、困りはて苦しみ抜いても放棄せず、ねばり強く耐えに耐えて勤め上げたからこそ、この長大な物語は完成し、大団円まで漕ぎつけることができた――。

馬琴の言うところの山場もまた大仰でしつこいだけに、書かされる当人としては、やはり戯作を記している心地がしたが、お路の努力を認め、功績を讃えていることは、馬琴の本心であろう。

最終巻を回外剰筆で締めたことは、決して馬琴の一存ではなく、この大人気戯作を有終の美で飾ろうとの文渓堂の思惑もあった。わざわざ歌川国貞を作者の自宅に招き、馬琴の肖像画を描かせたことからも、丁子屋平兵衛の力の入れようが見て取れる。

歌川国貞は、初代歌川豊国に師事し、やがては三代豊国を継ぐことになる。ことに役者絵で名を馳せ、北斎や広重とも並び称される当代の人気画師である。

一方で八犬伝には、国貞は関わっていない。八犬伝の挿絵は初刊から、父子二代にわたる柳川重信と、そして渓斎英泉が、ほとんどすべてを担っていた。

国貞は、『新編金瓶梅』をはじめ、馬琴の別の作品では装画を務めている。画師の人気と、人物画に定評があることから、丁子屋は白羽の矢を立てたのだろうが、馬琴と国貞は、ほぼ面識がないに等しく、また出来上がった肖像を、馬琴は確かめる術がない。

この絵が刷り上がると、太郎とお路を呼びつけて、不信を丸出しにして出来を問うた。

「へええ、良い絵ではありませんか。さすがは名うての画師だけはありますね」

画を覗き込んだ太郎は、はずんだ声をあげた。構図は、この家の客間で向かい合う馬琴と廻国の頭陀である。

廻国とは諸国を廻ること。上総国から訪れたこの僧が、八犬伝の想をもたらしたと回外剰筆に書かれているが、この頭陀すらも、馬琴の拵えた登場人物に過ぎない。

「わしの写真としてはどうなのだ、お路？　ありのままの像を写しとっておるのか？」

馬琴の言う写真とは、写生や写実の意味である。そうですねえ、とじっくりと検分し、お路はこたえた。

「お舅さまの趣きは、よく表していると思います。ただ、写真かと言われると、そこまでは……」

くらべたのは、渡辺崋山の筆である。馬琴像こそないものの、夫宗伯の肖像で、崋山の画力は承知している。国貞の馬琴像は、浮世絵としてはよく描けているが、肖像画としてはやはり崋山には遠くおよばない。むろん、刷り物と肉筆画の違いもある。浮世絵は、彫りや摺(す)りの技術を含めての職人芸である。国貞は、自ら彫師や摺師(すりし)に指示を与えて、より高度で細密な版画を生み出した。

「肖像や写真としては、いまひとつと言えましょうが、刷り物としては十分に得心のいく出来かと存じます」

お路はできるだけ正直に舅に告げて、馬琴もそのこたえに満足した。

「母上も厳しいなあ……あれ？　よく見ると、おじいさまの羽織の家紋が違っている」

「何だと、それはまことか！」

「はい、おじいさま。それに、襖の柄模様も違いますよ。武家にしてはずいぶんと派手で、これではまるで町屋の茶屋のようです」

太郎が目ざとく見つけたために、またひと悶着起きたものの、襖の柄はそのままに家紋だけを修正し、国貞画は最終巻を飾った。

本嫌いの太郎は用事が済むと、さっさと祖父の書斎を退散する。孫が出ていくと、舅が呟いた。

「登殿は、どうしておるかのう……蟄居の身では、さぞかしご不自由であろうな」

ふいに渡辺崋山の名を出した。やはり肖像画から、崋山を思い出したようだ。

「ご心配なら、書物でもお送りしてはいかがです？」

つい嫌味が口を衝いた。馬琴は顔に不快を表しながらも、いつになく気弱に返した。

「そう責めるな。わしも登殿のことは、心に掛かっておる。だが、迂闊な真似はできぬのだ。わしら戯墨の徒には、御上の目も厳しい。請願に加われば、火の粉はこちらにも飛んでくる。太郎の将来を思えば、ああするよりほかなかった」

一昨年の五月、崋山は獄に繋がれ、吟味の末、国許である三河国田原藩で蟄居を命ぜられていた。悪名高い、蛮社の獄である。

南蛮の学問を学ぶ集まりを、蘭学嫌いの者たちは侮蔑を込めて蛮社と呼ぶ。嫌蘭の急先鋒であった目付の鳥居耀蔵が、弾圧を徹底したのが蛮社の獄であり、標的となったのが、崋山が加わっていた尚歯会である。

もとは飢饉の策を講ずるための会であったが、そのために蘭学も盛んに応用した。遂には鎖国撤廃と開国論を唱えたとして、槍玉に挙げられたのだ。

助命嘆願を乞うために、崋山の友人らは奔走し、馬琴の元にもやってきた。しかし馬琴は、一切関わるつもりはないと冷淡に応じた。

肩を落として客が帰っていくと、お路は舅に詰め寄った。

「お舅さま、あまりに薄情ではございませんか？　渡辺さまは、亡き旦那さまのみならず、お舅さまにとっても得難い友でありましょう。難儀な目に遭うたいまこそ、手を差し伸べてしかるべきです」

「短慮を起こすな。おまえの息子は、幕臣の立場にあるのだぞ。御上に逆らった謀反人を庇い立てしては、筋が通らぬではないか」

蛮社の獄の酷さや不条理は、女子供の耳にまできこえてくる。しかし馬琴は、この件においては幕府の側に立った。

「そういえば、わしの書物のいくつかを、登殿に貸したままであった。もしやそれが、罪に問われはしまいか」

書物と自分の心配をし始めた舅には、心底幻滅した。そしてお路もまた、舅と同じだ。どんなに心の内で案じても、何もしなければ相手に伝わりようがない。冷たい女だと、崋山に幻滅されるのかと思うと、胸が痛かった。

かつて感じていた淡いときめきは、役者に入れ込む手合いと何ら変わりのない、他愛ない憧れだった。窮屈な家に繋がれた心が、一瞬だけ解放されて舞い上がった。三十代半ばとなったいまとなっては、そのときめきも含めてただ懐かしい。

それがこんな形で潰(つい)えることが、たまらなかった。

あのときは舅の小心や薄情を非難したが、何事も太郎のためとの馬琴の信念は変わらなかった。

崋山が逝ったのは、それからまもなくのことだった。

同年十月、渡辺崋山は自害した。享年、四十九。あまりに酷く、早過ぎる死だった。

「田原の御家(おいえ)に災いが転じぬよう、死をえらんだときく。まさに忠臣の志だ。とはいえ、母上、ご妻女、娘御と、お身内は女子(おなご)ばかり。さぞかし心残りであったろうて」

滝沢家にこの報が届いたのは、年が明けた、正月二十日過ぎだった。

お路は舅の慨歎を、日記に記した。馬琴が長年続けてきた日記も、お路の役目となっていた。

筆を運びながら、寒気を覚えた。このような苛烈な仕置きが、決して他人事（ひとごと）ではないと実感していたからだ。

馬琴が冷淡を貫いたのには、もうひとつ、お路が見落としていた理由がある。

戯作者の足許は、思いのほか脆（もろ）く、馬琴ほどの大家ですら決して盤石ではなかった。

蛮社の獄もまた、幕府による言論統制であったが、去年から始まった天保改革の名のもとに、出版への締め付けは厳しさを増す一方だった。

去年の暮、春画本を版したとして、丁子屋を含む数店の版元が過料の罰を受けた。春画ならまだしも人情本までもが、風俗に害ありとの的外れな理由で、発禁の瀬戸際に立たされていた。

毎年一月は、版元にとって書入れ時である。多くの人気戯作が正月に発刊され、馬琴の作品もまた然（しか）りだ。馬琴が八犬伝と並行して執筆する『新編金瓶梅』は、甘泉堂（かんせんどう）和泉屋（いずみや）より売り出されたが、八犬伝は丁子屋の災難が尾を引いて、未（いま）だ刊行されていない。

どのみち刷物（すりもの）の刊行には、御上の許しが要る。八犬伝結末の五冊も、師走（しわす）のうちに町奉行所に提出されていたが、未だ許しが出ず、出版に遅延をきたしていた。

これまでは町奉行所自らが許可していた刷物を、掌を返したようにあげつらい、過料だ闕所だ手鎖だと、問答無用で咎を与えるのだから、思えばおかしな話だ。それまでの世間の常識が、人為でくるりとひっくり返る。それが政治というものだった。荒廃・腐乱した世の中を憂えて、享保や寛政の頃の良き時代に世俗を戻さんとするのが幕府の建前だ。寛政からはざっと五十年、享保に至っては百年以上が経っている。時が巻き戻るはずもないのは、子供でも知っている。世情から見れば、まさに幕府が癇癪を起こしたとしか思えない仕打ちだった。

馬琴は表には出さぬよう堪えていたが、不安は相当なものであったろう。

もしも出版差し止めとなれば、八犬伝は未完に終わる。書き続けてきた二十八年間の苦労は、報われることなく潰える。長い旅路の果てに、目的の城が見えてきたというのに、その手前で力尽きて倒れるようなものだ。これでは死んでも死にきれまい。

お路もまた柄にもなくやきもきし、丁子屋からの明るい知らせをいまかいまかと待っていたが、一月の末になって、とんでもない客が現れた。

「私は昔、先生とご縁のあった研師でして……このたびは、とんだことで……ご葬儀にも伺えず、ご無礼をいたしました」

老齢の男は、ひどく沈痛な面持ちだ。去年身罷った、お百の弔問に訪れたのだろうか？　玄関で応対したお路は、そのように解釈した。

「それはごていねいに。来月で一周忌になりますが、忘れずにいてくださって故人も喜んでおりましょう」

「えっ！　一周忌？　まさか、先生はそんな早くに他界されたのですか？」

どうもおかしい。話がすんなりと通じない。お路は改めてたずねた。

「あの……他界した先生とは、いったいどなたのことを？」

「もちろん、曲亭馬琴先生です！」

この話をきいて、笑いころげたのは太郎だけだった。舅の耳に入れることすら憚られたが、数十年ぶりに訪れた知己を、そのまま帰すわけにもいかない。客間に通して、馬琴に引き合わせた。

「どうしてわしが、鬼籍に入ったなぞと……勝手に殺すでないわ」

「いやはや、手前のそそっかしさには愛想がつきまさ。あちこちで噂をきいたもんで、てっきり……どうかご容赦くださいまし」

研師は平謝りして、生きてふたたび旧知に会えたことを心から喜んだ。馬琴は機嫌を直し、不愉快な噂について仔細を問うた。

研師は渋谷村の在だが、飯田町の稲荷社に関わっており、馬琴が飯田の家にいた頃の知り合いだった。馬琴が死亡したとの説は、思った以上に広く流布されているよう
で、渋谷にいる研師の耳に入れたのは、ひとりふたりではなかった。
「渋谷から信濃町までは、そう遠くありませんし、せめて線香の一本でもと……」
じろりと馬琴に睨まれて、研師は肩をすくめる。町屋近くにおれば、当人の耳にも
すぐに届いたろうが、辺鄙な武家地では噂とも縁遠い。
「八犬伝の結局は、手前ならずとも誰もが心待ちにしております。それが正月も末だ
というのに、待てど暮らせど拝めない。残念が過ぎて、こんな根も葉もない噂が立っ
たのでございましょう」
研師の言い分はもっともであり、出版に至らない焦りは、当の馬琴が誰よりも抱え
ている。それまでは御上のすることに口を出す気はなく、静観の構えでいたが、にわ
かに丁子屋へ出版の催促をした。
丁子屋からの使いが訪れたのは、二月九日のことだった。
八犬伝最後の五冊は、本日売り出しと相成った。本日とは、また急な話であり、こ
の手の大事は、主人自ら出向くのが常だった。使いもいつもの手代とは違う若い者で、
物慣れない口調で遅延の詫びを告げ、出版祝の酒肴料を差し出した。

「丁平は、いかがした？」

「八犬伝については御上よりお許しが出ましたが、他の中本絵本などは未だ沙汰が下りず、吟味の最中は家主お預けとなりまして」

主だった手代たちも丁平と同様の有様で、店は若い者たちが指図を受けて、右往左往しながら回しているという。

「為永春水先生も、手鎖の刑を受ける始末になりそうだと」

「何だと！　あの春水が？」

見えない両目をかっと見開き、馬琴はしばし言葉を失った。

為永春水は、人情本においては当代随一ともされる人気戯作者である。馬琴とはまったく反りが合わず、日頃は腐すことはあっても褒めることはない。しかし筆一本を糧とする同じ立場であり、春水の被った災厄は、自分の背中にも張りついているような怖さを伴っていたに違いない。すうっと青ざめ、表情が強張った。

八犬伝の結末を描いた結局編は、歓喜をもって大衆に受け入れられ評判も良かったが、馬琴の心配は募る一方だった。

六月には、為永春水の手鎖刑が正式に沙汰され、同月には、一世を風靡した柳亭種彦の『偐紫田舎源氏』も処分を受けた。

柳亭種彦は、その翌月、七月に病死し、為永春水も手鎖の刑を終え、翌年、やはり病で死んだ。

人情本の大家が、ふたりも相次いで逝ったのは、彼らにとって命よりも大事なものが奪われたためだ——作品の版木である。

版木の没収は、絶版を意味する。作者にとって作品は、子供に等しい宝であり、自身が生きた証しであり、この先の生甲斐でもある。問答無用で取り上げられるのは、手足をもがれるほどの痛みを伴う。その苦痛に耐え切れず、病に伏し命を落とした。両人に留まらず、同じ憂き目に遭った戯作者や画工は枚挙にいとまがない。

強情でしぶとい馬琴とて人の子だ。舅の心労は、お路の見当を上回っていた。

「『美少年録』を出すのは、やめようと思う」

馬琴は嫁に、そう告げた。『近世説美少年録』とは、十年も前に第三輯で途切れていた作品で、終局した八犬伝の後を受け、続きを書いてはどうかと丁子屋からの打診があった。

しかし当の丁子屋が、身動きできぬありさまでは如何ともしがたい。過料に加え、売上金の召し上げ、販売していた本の焼却、さらには所払いと相成った。金を生む元となる、何百枚もの版木を失ったことも、作者と同様にどんなにか痛手となろう。

所払いときいて、お路もさすがに慌てたが、久方ぶりに訪ねてきた丁子屋平兵衛は、事もなげに笑顔で告げた。

「いや、所払いで済んだのは御の字でした。私どもも、胸をなで下ろしました」

「ですが、元の場所には住めなくなるのでしょう？　たしか、お店は小伝馬町でしたね？」

「はい、ですので、となりの大伝馬町に移ることにいたしました」

「あら、まあ、さようでしたか」

所払いは追放刑のうちもっとも軽いもので、江戸の場合は居町払いとなる。隣町に移れば、それでお構いなしというわけだ。お路も思わず笑顔になった。

いたって脆い戯作者にくらべて、版元はしぶとくたくましい。

「馬琴先生のご様子は、いかがでしょうか？」

「はあ、美少年録は、しばらく見合わせると申しておりました」

「さようですか……こちらとしては残念ですが、時節柄、無理強いはできますまい」

「ああ見えて、かなり参っているようです。つい先日も、らしくもない弱音をこぼしておりましたから……あくまで、日記の中でのことですが」

『わが絶筆の時　至れるなり』と、少々大げさな調子で慨歎したが、本音であろう。

「山東京伝先生が、先のご改革で罰せられましたから。御上の怖さが、骨身にしみているのかもしれませんね」

山東京伝は寛政の頃に、為永春水と同様、五十日の手鎖を科せられた。当時は馬琴も門人のひとりとして、書くに不自由な師のために代筆なぞをしていたという。

保守を貫く気性の者は、概ね権威に弱く、また用心深い。馬琴もその典型であり、科を受けるくらいなら筆を折るべきかと、馬琴もこの頃は真剣に悩んでいた。

「とはいえ、戯作における業の深さなら、馬琴先生は誰にも負けません。私どももくすぐり所を心得ておりますから、お任せください」

丁子屋の自信は本物で、平兵衛が辞去してから書斎を覗くと、ほくほく顔で馬琴は告げた。

「多くの物書きが難儀しておるが、わしが今年出した二冊には何のお咎めもない。やはりそこらの俗本とは、一線を画すという証しであるな。なにせわしの読本には、道義と道理がふんだんに込められておるからの」

この調子で、平兵衛にもち上げられたのだろう。何と他愛ないと、大いに呆れた。

それからも、発禁の嵐は吹き荒れて、本は出版されず稿料も入らない。顧みれば二月に出版された八犬伝結局は、間一髪で難を免れたと言える。滝沢家の家計は、ほどなく火の車となり、馬琴はとうとう最後まで残しておいた蔵書を売った。珍籍や奇書のたぐいであり、お路もさすがに心苦しく思ったが、馬琴は存念を明かした。

「どうせわしには読めぬしな。孫のためとの思いもあったが、あやつは開く気すらなさそうだ。宝の持ち腐れとなるよりは、友らの糧となった方が、書物もよほど嬉しかろう」

合わせて金二十両にもなったのは、買い手が馬琴の知人友人たちであったからだ。お路は有難くいただいて、家のやりくりに回した。

およそ二年半のあいだ吹き荒れた改革の嵐は、翌年の閏九月にようやく収まった。

馬琴はふたたび創作意欲をとり戻し、お路の代筆で、『新編金瓶梅』や、『美少年録』を改題した『玉石童子訓』などを世に送り出した。

毎年、正月には、方々の書店に馬琴の戯作が並び、江戸や大坂では芝居が打たれた。

馬琴が大病をしたり、八犬伝絶版の噂が流れて、丁子屋が急いで増刷にかかったり、その丁子屋が大火で類焼し、一時、出版が滞ったり、実母のお琴が鬼籍に入ったりと、さまざまなことがあったが、お路にとってその五、六年のあいだは、暮らしぶりは落ち着いて、幸せと言える日々であった。

「たぶん、慣れたのでしょうね。私もいい歳ですし」

十六歳になった、娘のお幸にそう微笑んだ。

お路は四十三、馬琴は傘寿を超えて、八十二歳となっていた。


お路が享受した果報は、ほんの数年だった。その利息を急に催促でもするように、死と病の昏い影が、四ツ谷の家を襲った。

最初は、太郎だった。五月半ば、梅雨の只中で、その日も終日雨が降っていた。

顔に腫物ができ、喉や脚も痛いと訴える。前にも出たことのある風疾の症状で、医師に診せても薬を飲ませても効果はなかった。病は少しずつ進行し、膝にも腫物ができ踝も痛むという。発熱して病臥する日もあったが、痛みを堪えながらどうにか出仕を続けていた。

夏が終わり秋になったが、その年は冬の到来がことのほか早かった。晩秋の九月になると、すでに十月を凌ぐような寒さとなり、季節の激変がからだに障ったのか、太郎はとうとう床に就いた。

お路は懸命に看病した。馬琴もまた、孫のためなら金も手間も惜しまなかった。医師を何人も頼り薬を替え、誰彼構わず良法をたずねた。千住に効く薬があるときけば人足を走らせ、太郎の好きな砂糖漬けを薬種屋に求め、碾割麦飯、卵、鰻、どじょうと、病に良しとされるものは何でも食べさせた。

だが、たまに小康を得ても、快癒には至らない。出仕もかなわぬ身となり、病引きこもりの届けを出した。やがて口痛がひどくなり、舌にも腫物ができた。

死神の手が、息子の肩を摑んで離さない。太郎のからだにしがみつき、懸命に引き戻しながら、死神の顔をまともに見た。夫の宗伯だった——。

同じ悪夢に何度も悩まされ、悲鳴を上げながらとび起きた。悪夢の因は、わかっていた。息子の病状が、日に日に父親の死に際に似てくるからだ。口痛と腫物に加え、下痢をくり返す。父親の病疾を受け継いだのかと思うと、悔しくて情けなくてならなかった。

そして心労が祟ったのか、十月の半ば、喘息の発作で馬琴が倒れた。

『喘息甚しく発り、横ニ臥ことを不得。種〻手当致候得共、的中の妙薬なし。苦痛いふべからず』

馬琴は病床にあってもなお、日記をやめようとしなかった。自らの病状を、克明に口述してお路に書きとらせ、病人をふたり抱えてどうにも暇がとれなくなると、病を押して太郎が筆をとった。唯一の幸いは、助けてくれる者がいたことだ。

「お咲姉さん、来てくださったんですか！」

「あたりまえじゃないの。それより、お父さんの具合は？」

「お歳でもありますし、決して良くはありませんが」

そう、とお咲が顔を曇らせる。けれども、すぐに顔を上げた。

「お父さんの世話は、私たちに任せて。お次と、それにお鍬もおっつけ来るわ。お路さんは息子の世話で手一杯でしょ。私たちも泊まり込んで、お父さんに付き添うわ」

養女に出したお次と、馬琴の末娘のお鍬も駆けつけてくれるという。お鍬とは、かつては反目し合った仲だが、歳月は互いの意固地をとり去っていた。看病の手が増えることは、お路にとっては、どんな見舞いよりも有難い。

「お姉さん、ひとつお頼みしたいことが。いまのお医者さまから言われたのです。ようすが捗々（はかばか）しくないから、別の医者にも診せた方が良いと。ですが、お舅さまはどうしても承知しなくて……お姉さんからも、お口添え願えませんか？」

主治医からあえての申し出があったが、馬琴は頑として首を縦にふらない。息子や孫のためなら、何人もの医師を乞うたというのに、自分のこととなると頑なを通す。

『われ極老に至り、医師三昧いらぬことなり』

日記にもそう書き記し、愛娘（まなむすめ）であるお咲の説得すら徒労に終わった。

ある晩、舅の枕辺に座った折に、お路は言った。

「お舅さま、もしかして、他の医者を厭うのは、太郎のためですか？」

返事はなかったが、眠ってはいない。お路は言葉を続けた。

「御身の命を捧げる代わりに、太郎を助けてほしいと……願掛けのおつもりですか？」

「それが叶うなら、この老いぼれの命なぞ、惜しくも何ともないわ」

やはり、とお路はため息をついた。何年も前に、舅にぶつけた心無い台詞が、巡り巡って自分に突き刺さる。

『宗伯さまは、お舅さまに……いいえ、この八犬伝にとり殺されたのです！』

八犬伝は血吸い草だと、宗伯も初代清右衛門も、八犬伝の血肉とされて死んだのだと――。思えば、ひどいことを言った。代筆に疲れて頭が働かず、感情だけがすっぽ抜けてとび出した。女子にしては冷静沈着だと言われるお路が発しただけに、馬琴も驚き、より傷ついたはずだ。

一度放った誇り言は、取り返しがつかない。相手には深い傷として残り、そして自身にも重い悔いがわだかまる。いまさら詫びても甲斐はなく、代わりにお路は舅に告げた。

「私は、ふたりともに諦めるつもりなぞございません。太郎はもちろん、お舅さまもしぶとさにかけては筋金入りですからね。五年前を覚えてらっしゃいますか？　いよいよ駄目かと辞世の句まで詠まれたのに、後で笑い話になりました」

老いは即ち、死を身近に感ずることだ。軽い風邪が長引いたとき、転んで立てなくなったとき、機敏に衰えが見えたとき、ふと横を向けば、となりに死が佇（たたず）んでいる。何度も何度も死の姿を捉えながら、ようやく覚悟とやらが訪れるのだろうか。

それでもお路は、どこかで楽観していた。病との対峙（たいじ）において、馬琴は常に勝ち続けてきた。圧勝ではなく辛勝ながら、決して負けることはなく、いまの世では驚くほどの長寿を得ている。今度もきっとそうなろう。常人では計り知れぬしぶとさを発揮して、若い太郎とともにきっと回復する。お路はそう信じていた。

　しかし十一月になると、馬琴の病状は急激に悪化した。

看病疲れもあってか、飯田町の義姉（あね）も体調を崩し、お路が舅の世話を引き受けた。

「母上、やはり別のお医師を頼みましょう。同心仲間が良い医師を知っているとのことで、実は昨日のうちに手配りしました。今日にでも、来てくださるそうです」

主治医からはすでに、打つ手がないと達された。当の馬琴も、抗う気力すらないほどに弱っていた。日記の口述さえできなくなり、それでも馬琴日記は、お路と太郎の手で続いていた。お路は了承し、しみじみと息子を見上げた。

「何です、母上？」

「家の中でも母上と呼ばれるようになったのは、いつからだろうとふと気になって」

「何をいまさら。私が同心になった時でしょう」

「いいえ、あの頃はまだ、おじいさまの前でだけとってつけたように母上と。からだばかりが大きくて、中身は子供のまま。母さん、母さんと甘ったれで……」

「いつの話をしているのですか。おれはもう二十一ですよ」

むくれた顔だけは、昔のままだ。あの頃の闊達（かったつ）な姿が浮かび、ふいに泣けそうになった。

息子もまた病に侵されて、見る影もない。それでも祖父のために精一杯、働いている。いつのまにか、母の知らぬ間に大人になっていた息子が、誇らしくもあり寂しくもある。

「病が癒えたら、嫁をもらわねばなりませんね」

「さっきから何ですか、話が繋がっていませんよ。相当お疲れのようですね。お幸に代わってもらって、奥で休んだ方がいい。おおい、お幸、少し頼めるか」

妹を呼ばわって、祖父の看病を申しつける。お幸もすっかり娘らしくなった。そろそろ花嫁修業に出す頃合だ。

絶えず何かに追い立てられて、息をつく間もないほどの忙しさにかまけて、大事なことを見落としていた。その事々が、ちぎれ雲のようにいくつも浮かび、頭の中をただよう。

息子が嫁を迎えたら、お路は隠居と呼ばれる身となり、娘も遠からず自分の手元から旅立っていく。描いた幸せな夢は、やはり寂しさを伴っていた。


太郎が呼んだ医師は、約束通りその日に訪れ、三日後にも来診し薬を処方したが、回復には転じなかった。主治医もまた、打つ手がないと言いながらも、毎日のように病人のようすを確かめに来て、気休め程度だがと断って、薬湯などを飲ませた。

主治医が、いよいよ危ないと達したのは、霜月五日の夕刻だった。

それでもお路は、一縷の望みを捨ててはいなかった。

「お舅さま、しっかりなさってくださいまし。お幸と、それにお次も、お舅さまのためにお百度を踏んでおりますよ」

ふたりの娘は家の庭で、浅草観音堂の方角に向かって、お百度参りを続けていた。手が空けば、お路も加わる。

この人が、死ぬはずがない。憎たらしいほどに強靱で、彼岸へ何度も渡りかけながら、そのたびにしぶとく戻ってきた。諦めの悪さ、生への執着、折れない気骨。どれをとっても、世人をはるかに凌駕している。

いったい何を拠り所にしているのかと、お路には不思議にも思えて、いつだったか、そのこたえと思しきことを馬琴は口にしたことがある。

「息を引き取るその時まで、学問すべし。それがわしの、座右の銘だ」

銘が伊達ではないことを、お路は代筆を務めてから知った。執筆において、馬琴がもっとも執心するのは、時代考証である。単なる空想の産物、夢物語に等しい創作でありながら、当時の時代背景を、馬琴は決して疎かにしなかった。

八犬伝の場合は、戦国時代の安房を舞台としている。応仁の乱を皮切りに、およそ百年続いた戦乱の時代で、ざっと三、四百年前になる。当時はもちろん、それまでの歴史、政治、地理、衣装から調度まで。手当たりしだいに書物をかき集め、凄まじいまでの読書をこなして知識を蓄えた。

衣装の模様ひとつで装画に文句をつけたのも、知識の裏打ちがあってこそだ。間違いに気づく者など微々たるもの。しかしその稀有な読者こそが、馬琴の矜持を支えていた。

その最たる者が、讃岐高松藩家老の木村默老である。藩財政を再建した能吏であり、馬琴より七、八歳年下になる。和漢の学問を修めた文人で、歌舞伎や戯作をこよなく愛した。

木村默老とはおびただしい数の書簡を交わし、著作が出れば真っ先に送り、その評を心待ちにした。默老は自ら、文学録や芝居録、あるいは研究などを著述している。いわば評の玄人である。

「木村默老こそ、わしの第一の友である」と、馬琴は公言していた。

この自分中心を貫く人にも、友がいたのかと、まずそこに驚いた。これほど他人に尊大で思いやりに欠ける人物と、どのように親交を結ぶのか首を傾げた。

女同士であれば、まず会話を通して親睦を深める。愚にも付かない無駄話を長々とくり広げるのは、本音や論点をうまく避けているからだ。必要だけの会話は角が立つ。女はそれを本能で察し、笑いや愚痴や噂に紛らして互いの距離を縮める。

対して男は総じて口下手なだけに、この芸当は到底真似できない。そもそも礼儀というものが、話術の乏しさを補うために、男社会で進化した様式ではなかろうか。礼儀にうるさい馬琴をながめていて、お路はそう思い至った。

相手との距離を縮めるためには、別の媒体が必要となる。趣味や酒、遊興であったり、役目や職人技や商売もまた然り。あるいは思想や議論も範疇に入る。議論は会話とは、似て非なるものだ。議論は戦いであり、勝敗をつけるため、相手を負かさんと躍起になる。

そして馬琴の友情の媒体は、自身の書いた戯作であった。

馬琴と木村黙老も、まさに戯作が結びつけた友情だった。ことに馬琴にとっては、自著をもっとも正確に、かつ熱意をもって評論する黙老の存在は、千人の読者に匹敵する。黙老に恥じぬ作品にしなければ――。その思いは、より厳しい高みへと馬琴をいざない、この最良の友なくして、あの姿での八犬伝の完成はあり得ない。

自身の美や心根や、子宝や家政の腕が評価される女とは、根本からして違う。才を誇り、能を示し、世間に認められることこそが甲斐性だと、馬琴ならずとも男は概ね考えている。だからこそ、それを示すための媒体が、友情においても大きな一角を担う。

つまりは性根なぞ二の次なのだ。黙老の友情に報いんと、馬琴は著作に邁進(まいしん)した。客あっての芝居と同様、読者あっての戯作である。読者が読んで初めて、作品は完成する。黙老の書簡を代読し、馬琴の文を代筆しながら、お路は実感するに至った。

学問とは、言い換えれば好奇心である。

あれほど膨大な書物を読みこなしても、まだ不足だ、まだ知らないことがあると、飽くことなく貪欲に食らい、新たな発見を見出せば、どのように使うか、どう戯作に仕立てるか心躍らせる。

曲亭馬琴は一生涯、その業に取りつかれた。

それは幸せであったのか、不幸であったのか。幸不幸などでは量りきれない代物か。

理屈はわからない。ただ、失ってはならない、この世に繋ぎ止めねばならないと、焦りに似た気持ちがわいた。

「お舅さま、お気をたしかに！　曲亭馬琴の戯作を待っている者が、まだまだおりますよ。次は何を書かれるのです？　お舅さまの仰るとおりに、私が記しますよ」

危篤に陥った老齢の舅を、まだ頑張れと鼓舞するのは、他人からすれば酷い仕打ちに見えるだろうか。しかしお路の呼びかけに、馬琴はうっすらと目を開いた。

「お路……ようやった」

「……え？」

「おまえは、よう励んだ。おかげで、戯作において、思い残すことは何もない」

嘘だと、わかっている。お路の目から涙があふれた。強欲なこの人が、学問の虫で好奇心の塊たる曲亭馬琴が、満足などするはずがない。真実なら、それは作家としての死を意味する。肉体が滅びるよりも、辛く切ないことだ。

馬琴は、ただお路のためだけに、最後の最後で嘘をついた。

「太郎興邦、後のことは任せたぞ。病もじきに治まろう。おまえの病は、わしが一緒にあの世にもってゆくからな」

それが遺言となった。まだ夜の明けきらぬ暁時、家族に見守られながら、馬琴は息を引きとった。

＊

「おばあちゃん、見て！　こんなに李が取れたよ」

手籠からあふれんばかりの山盛りの李を、孫がえっちらおっちらと運んできた。

「まあ、たんと取れたこと。真っ赤に熟れて、美味しそうだねえ」

果実の赤が辛うじて判じられるが、李の籠も孫の笑顔も、紗がかかっているように白くぼんやりと漂っていた。六月の明るい縁側ですらこのありさまで、奥へ入れば暗闇に居るに等しい。舅と同じ心許なさを味わうとは、皮肉なものだ。

「あい、おばあちゃん、食べて。美味しいよ」

別の幼い声がかかり、お路の膝に李を載せた。

「ああっ、力(りき)、おまえの籠の李、半分に減ってるぞ」

「食べた」

「そんなに食う奴(やつ)があるか。母さんに叱られるぞ」

「兄ちゃんも食べなよ、美味(うま)いよ」

六歳の幸次郎(こうじろう)は、長男らしくしっかりしており、四歳の力三郎(りきさぶろう)は気ままでのんびりやだった。

お幸の子供たちである。お幸は婿養子をとって滝沢家を継ぎ、夫とのあいだにふたりの男の子を生(な)した。娘夫婦の仲は、決して良いとは言えず、まるで宗伯とお路を見ているようだ。宗伯ほど病的なものではないが、婿養子が癇性(かんしょう)で我儘(わがまま)なところまでよく似ていた。娘夫婦といい、お路の目といい、馬琴がいた頃をそっくりなぞっているに等しい。

これもまた、八犬伝の呪いだろうか。

八犬伝は化物だ——。そう口走ったがために、馬琴の死後も、とりついて離れないのだろうか。

身にしみて感じたのは、太郎が逝ったときだった。

脚の痛みはやがて、脱疽の毒に変わり、祖父の一周忌すら迎えられなかった。

大事なひとり息子は、治らぬ病に苦しみながら、二十二歳の若さで早逝した。

あのときに一度、お路の世界は崩壊した。あの頃のことは、未だによく思い出せない。箸をとることすら面倒で、毎日、死ぬことばかり考えた。

宗伯を失ってから傾きを増した、舅の背中ばかりが浮かんだ。息子を喪った馬琴とお百も、こんな思いをしたのか。悲しみではなく、がらんどうだった。

怒りでも憎しみでも構わない。生きるためには、感情を燃やす糧が要る。だが、がらんどうの虚無には何もない。燃え尽きた灰のような塵が、ただよっているだけだ。

そんなお路の腕を引っ張り、無理やり立ち直らせたのは、否応のない現実だった。

太郎の母として、存分に悲しみに浸る暇すら与えられなかった。当主亡き後、一家を支える役目の一切は、お路の肩にかかってきた。

太郎の葬儀のひと月後、馬琴の一周忌が訪れ、それより前からお幸のもとには、婿養子を希望する縁談が次々と舞い込んだ。数は十件を超えるほどで、翌年、そのうちのひとりを婿に迎えた。

しかしふた月もせぬうちにお幸と不仲となり、まもなく離縁した。

お幸はいまの夫と再縁し、鉄砲同心の席は、その婿が継いだ。お幸には家つき娘としての、そして馬琴の孫としての矜持がある。婿からすれば可愛げがなく、愛想に欠けるのは母親譲りかもしれない。夫婦仲は良くないが、ふたりの男子を授かったのは幸いだった。

娘夫婦の不仲には、おそらくお路も一役買っている。この家を仕切るお路の存在は、婿には甚だ鬱陶しい上に、舅の口ぶりに似た小言を発することもしばしばだ。最近は婿から、露骨に嫌な顔をされる。

そしてもうひとつ、お路を悠長にさせてくれない事情があった。

馬琴の死後、当然のことながら収入は大きく減った。それでもお路は、太郎の病のためには金を惜しまなかった。医者代と薬代で湯水のように金は出ていき、お路は売れるものは何でも売った。わずかとなった馬琴の蔵書と、最後まで残していた本も手放した。

源氏物語と万葉集であり、舅ではなく太郎の持ち物だった。長患いで家に籠もりきりとなり、晩年の太郎は、書画に親しんだ。いわば息子の形見であったが、泣く泣く手放した。

当主を亡くし婿を得てからも、苦しい家計は変わらなかった。

世の下級武士たちは、これほどまでに窮屈な暮らしに耐えているのかと、いまさらながらに思い知った。扶持米だけでは、やりくりなぞ到底できない。出仕する当主にみすぼらしい身なりはさせられず、衣類だけでもかなりの出費となる。献立を工夫して食費を抑え、家の修繕を後回しにして、女中を置くのもやめた。どんなに日々の暮らしを切り詰めても、毎年のように行われる法事で大金が消えていく。

お路は製薬に精を出し、飯田町で売ってもらったが、暮らし向きの厳しさは変わらなかった。手前勝手な言い草だが、馬琴の存在が、戯作という収入の伝手が、心底身にしみたのは失った後だった。

しかし貧しい境遇に陥ったことで、初めて気づいたこともある。

世間の、人の、温かさだった。

最初に手を差し伸べてくれたのは、隣近所の者たちだ。鉄砲同心の組屋敷であるだけに、ご近所は皆、太郎の同心仲間である。その誰もが、驚くほどに親切で優しかった。

息子の療養中は、一日も欠かさず誰かしら見舞いに来て、太郎と雑談にふけり、かるたや将棋をし、病人の具合が良ければ、看病を申し出てそのまま泊まることもあった。

見舞いばかりではない。男手のない滝沢家のために、自ら手伝いを買って出た。

「庭掃除なら、おれがします。箒をお貸しください」

「じゃあ、使いはおれが行きましょう。ついでに買物もしてきます」

「いえ、とんでもない！　あなたさま方はご当主なのですから、さような真似はさせられません」

「掃除や買物がこなせなければ、御家人の当主は務まりませんよ」

「そうそう、なにせ下男を雇う金もないからな。困ったときは助け合う。それが下っ端役人の流儀ですよ」

有難さに、胸がいっぱいになった。太郎が出仕できぬ穴を埋めているのも彼らである。なのにそれを責める者なぞ、ひとりもいなかった。

「妙な話ですが、病になって初めて、おれは幸せ者だと思い知りました」

いつだったか、太郎はしみじみとそう語った。お路も同じ思いだった。

同心仲間の親切は、太郎自身が招いた結果でもあるからだ。十三で出仕して九年間、若輩だけに苦労も多かったろうが、明朗で大らかな気性は、人に好かれ人と馴染む結果を生んだ。

母として誇らしくてならず、だからこそ早過ぎる死が悔しくてならなかった。

太郎亡き後も、隣近所との交流は続いている。四ツ谷に越したばかりの頃は、屋敷町の素っ気なさが寒々しく思えたが、意外なほどに暖かく心地の良い住まいとなった。馬琴という厳めしい門構えが失せたことで、敷居がぐんと低くなったこともあろうか。

しかし馬琴が繋いでくれた、人の縁もあった。舅の死後、三年も経ってから、版元であった丁子屋平兵衛が訪れた。

「『仮名読八犬伝』は、ご存知でしょうか？」

「はい、八犬伝を女子供でも読みやすいよう、易しい文に仕立て直したものですね？二世為永春水殿が、作者ということも存じています」

馬琴が言うところの品格を保つため、八犬伝はことさら難しい文章で綴られている。時代がかった文体や、漢字訓読のふり仮名は、読むにもある程度の素養が必要で、また、第一輯が書かれたのは、三十年以上も前になる。ひと昔前は、市井にも読みこなす者は多かったが、時代が下るにつれて、昔風の表現は敬遠されがちになる。つまりは若い世代には、馴染まないということだ。

丁子屋はこれを解消するために、亡き為永春水の弟子を二世に据えて、仮名読八犬伝を依頼した。装画は人気の歌川国芳。初編が刊行されたのは馬琴が没した年であり、執筆はそれより一、二年前から始めていたのだろう。

八犬伝が元になっていても、何らの稿料が馬琴に入るわけではない。

いわゆる著作権というものはなく、八犬伝の版元たる丁子屋はもちろん、他の作家や版元が、八犬伝を元にした本を出すのも自由だった。

ただ今回は、そのために丁子屋は厄介な羽目に陥ったようだ。

「おかげさまで仮名読は人気も上々で、先ごろ十六編を刷り上げました。初編と同じ年に、犬草紙が出たときはひやりとしましたが……幸いにも読みくらべなぞで、いっそうの評判を得ております」

犬草紙とは、『仮名読八犬伝』とほぼ同時に出された、『雪梅芳譚(せつばいほうだん) 犬の草紙』である。本の趣旨も、仮名読と同様で、こちらは二世柳亭種彦作、三世歌川豊国画。八犬伝最終巻に載せた、馬琴像の画師である。

丁子屋にとっては競争相手だが、今回、頭痛の種となったのは犬草紙ではなく、仮名読の作者、二世為永春水だった。

「二世春水はあろうことか、私どもに断りもなく、別の版元から『八犬伝後日譚(ごにちものがたり)』を出したのです。こればかりは、さすがに腹に据えかねましてな、作者をすげ替えることにいたしました」

相槌(あいづち)を打ちながらも、未だに来訪の意図がつかめない。

「そこでぜひ、お路さまにお頼みしたいと、こうしてお願いに上がったしだいです」

「お頼み、とは何を？」

「もちろん、二世春水に代わって十七編から先を、書いていただきたいのです」

平兵衛は、何を言っているのだろう？　冗談としか思えなかった。

「いやですね、お戯れにしては度が過ぎておりますよ」

「いえいえ、私どもは本気です。二世春水の代わりをと頭を巡らせて、真っ先にお路さまが浮かびました。それは面白いと、手代たちも大乗り気で」

「巷には、戯作者やその門人があふれておりましょう。わざわざ私を担ぎ出す謂れが、どこにありますか」

「その辺にちらばる、有相無相では駄目なのです。名の売れた作者でなければ、本も売れません。あえて二世を名乗らせたのが、その証しです」

為永春水や柳亭種彦の名を頂戴するために、弟子の中から筆の立つ者をえらんで二世に据えた。しかし曲亭馬琴だけは、この手が使えなかった。

「馬琴先生は、弟子を一切とりませんでした。唯一の弟子は、お路さまなのです！」

今度こそ、あんぐりと口を開いた。乱暴にも程があろう。

お路が務めていたのはあくまで筆耕であり、著述ではない。いくら八犬伝の仕立て直しとはいえ、文を構築するとなればわけが違う。ようやく針目がそろうようになったお針子に、この裃をほどいて女物の着物を縫えと命じるに等しい。

「お路さまのことは、最後の回外剰筆にも書かれております。嫁にして唯一無二の弟子が綴る『仮名読八犬伝』。これ以上の引札はありません！」

こちらが戸惑うほどに、平兵衛は熱心に勧めたが、お路は固辞して譲らなかった。口述筆記でさえ、あれほどの難渋を強いられたのだ。いちばん辛い時期は、記憶から抜けているが、思い出そうとするだけで身の毛がよだつ。

それればかりではない。丁子屋の意図とは裏腹に、馬琴の身近で八犬伝に関わったからこそ、無理だと思った。馬琴の文体は、一分の隙もなく作られた寄木細工のようなものだ。崩すことすら困難で、ましてや形を変えて組み直すなぞできようはずもない。

はっきりと断りを入れたが、丁子屋の主人も諦めなかった。日を置いて、何度も四ツ谷に足をはこぶ。

「このとおりです、お路さま。私どもを助けると思って何卒……」

「できないものはできません！」

「いいえ、できます！　むしろ女子供のための仮名読を、女子のお路さまが仕立てるからこそ値があるのです」

相手は頑として譲らない。お路も疲れて、冷めた茶を含んだ。平兵衛は口をつけず、言葉を継いだ。いつも朗らかなこの主人にしては、めずらしく真顔だった。

「私どもは商人ですが、仮名読については、決して利のみを追っているわけではありません。新たな流れを作らなければ、読本や草紙は絶えてしまう。それほどの危うさを感じているのです」

「本が、売れなくなったということですか？」

「平たく言えば、そのとおりです。今頃になって、先の改革が憎くてなりません。為永春水、柳亭種彦の二枚看板を、相次いで失いました。あれほどの才を潰し、命まで奪うとは、ご政道をどんなに憎んでも足りません」

あの厳令から、九年が過ぎている。街はすっかり息を吹き返しているかに見えたが、言論統制は、人心を委縮させる。捕縛の恐怖から、以前のような色物や奇譚は、書き手も版元も敬遠せざるを得ない。無難でこぢんまりとした作品ばかりでは、読み手も離れてゆく。

曲亭馬琴という大看板まで失って、江戸文学は冬の時代を迎えていた。

「私は長年、この仕事を続けておりますが……何よりの甲斐は、読み手の手応えに尽きます。読んだ者が一喜一憂し、笑い、怒り、泣いて。手前が手掛けた戯作を、街中で声高に語り合うさまに出くわすと、嬉しくてぞくぞくします」

「そのお気持ちばかりは、私にもわかります……」

八犬伝を語っていた、大工たちの顔が浮かんだ。人に喜ばれ、待望され、何らかの役に立つ。人の生甲斐とは、結局のところそれに尽きる。生は自分のためのものだが、他者の存在がなければ、自分の姿すらしかとは摑めない。

「戯作の裾野を広げたい。もっと多くの人に、八犬伝を楽しんでもらいたい。漢語が妨げになるなら和語に直してでも、読み手を増やしたい。八犬伝を通して戯作に触れ、戯作の道を先々の世に繋げたい——。私どもの、切なる願いです」

平兵衛からは、真摯な情が伝わってきた。書く者と売る者のあいだには、互いに相容れない溝がある。同時に、読み手への思いだけは、たしかに一致するのだった。

「これまで書かれた十六編を、見せていただけますか？」

「お路さま、それじゃあ……」

「承知したわけではありません。これまでの稿を、つぶさに検めた上で判じます」

もちろん平兵衛に否やはない。ほどなく全十六編の稿に、上等な鰹節を添えて携えてきた。

「仕立て直しということもあり、馬琴先生には及びませんが、相応の潤筆をお渡しします。売薬よりは、ずっとお金になるはずです」

数度の来訪で、この家の窮乏ぶりは、平兵衛も察していたようだ。しつこく頼みにきたのは、もしや救済の意図もあったのだろうか——そうも思えた。

ただ、実際に稿を読んで、改めて実感した。二世春水の力量は本物だ。単純に漢語を仮名に直しているわけではない。時代調の大上段な綴りを、耳になじんだ俗語に置き換え、長々しい論弁のたぐいは切り捨て、逆に要所にはわかりやすい説明を加える。

まず、膨大な語彙が不可欠で、物語の流れを摑み手を入れる俯瞰と技も必要となる。まるで大河に、何本もの橋を架けるようなものだ。流れを見極め、護岸を施し、時には堰き止め、時には支流を作る。そうして出来上がった橋は、見事に漢和の両岸を繋げ、容易くこちら側へと読者を導く。

春水の真似をして、とり組んでみたものの、お路は早々に音を上げた。素地のなさは埋めようがない。半日を費やして、たった二枚しか書けなかった。

「私には荷が勝ち過ぎます。せっかくのお話ですが、やはりお断りしようと思います」

その晩、娘夫婦に向かってお路は告げた。婿も書物とは縁がなく、娘も若い頃のお路と同様だ。母上のよしなに、とうなずいたが、この日はもう数人客がいた。

かつての太郎の同心仲間で、いまは婿の同輩である。長のつき合いに加えて家も近い。互いに気さくに行き来して、この家には三日にあげずよく集まる。

「おばさん、その仮名読の稿を、見せてもらえませんか？　少々興がわきます」

「うん、おれも。八犬伝贔屓としては、大いにそそられる」

組仲間の、松村儀助と伏見岩五郎だった。ともに読書を好み、筆も立つ。馬琴の作はあらかた読破し、八犬伝にも精通している。

「これならどうにかなりそうだ。なあ、岩五郎？」

「そうだな、おまえならきっとどうにかできるぞ、儀助」

「ならば、ひとまずおれが書いて、おまえが校合して手直しするということでどうだ？」

ふたりには勤番の役目がある。そこまで面倒はかけられないと、遠慮が先に立ったが、試しにやらせてほしいと乞われ、お路も承知した。

およばずながら若いふたりを手伝って、ふたたび八犬伝と向き合う日々が続いた。

「やはり私ごときでは、手に余る代物でした。こうして携わってみて、よくわかります。いまにして思えば、ただ舅の言うとおりに書き写していただけで、能のない仕事ぶりでした」

つい自嘲めいた愚痴がこぼれる。きいたふたりが、顔を見合わせる。

「おばさん、生意気なようですが、それは違うと思います」

松村儀助が言って、伏見岩五郎もうなずいた。

「おばさんは、もっと己を誇るべきです。あの曲亭馬琴が、唯一認めた弟子なのですから」

「ですから決して、弟子などでは……」

「でも、おばさん以外の者は、誰もお眼鏡にかなわなかったのでしょう？」

「それは単に、舅が身内よりほかは、寄せ付けなかったためで……」

「だから、そこが違うのですよ」

と、儀助がふたたびくり返す。岩五郎は、亡き太郎を思わせる明るい気性で、対して儀助は少々内気で思慮深い。そんな儀助が、お路の目を見て、いつになくはっきりと告げた。

「もしやおばさんは、女子であることに引け目を感じておりませんか？」

「……え？」

「女子の身には荷が勝ち過ぎると、逃げているようにも思えます」

虚を突かれて、返す言葉が見つからなかった。女を下に見ていたのは、舅や夫の方だと、いまのいままで信じていた。世間の風潮に流されていたのは、お路自身であったのか。

「曲亭の御名とは逆に、馬琴先生は曲がりを嫌うお方でした。息子の嫁は、曲のない信に足る者だと、筆も立ち、学の素地もあり、何よりも辛抱強いひたむきな方だと、誰よりも認めておられたのではありませんか？」

「あの舅が、私を……？」

「そこには、男も女もありません。先生は男女の隔てなく一様に吟味して、八犬伝の同行を、ほかの誰でもなくおばさんに頼んだ」

「儀助の言うとおりですよ。自らの魂に等しい八犬伝を託したのは、むくつけき男ではなく女傑たるおばさんです」

岩五郎も、冗談めかして太鼓判を押した。世辞もあろうが、少なくとも馬琴は、丁子屋が寄越した筆耕者ではなくお路をえらんだ。

筆耕を始めた頃の、あの壮絶なまでに凄まじい日々が脳裡に浮かんだ。

記憶が欠けているほどに苦渋に満ちたひと時のはずが、にわかに輝きを増してくる。

あの厳しい叱責の大本にあったのは、女であることを言い訳にして、正面から向き合おうとしなかった、お路への苛立ちだったのかもしれない。

「申し訳ない、不躾なことを申しました。負い目や引け目は無用だと、お伝えしたくて」

「いえ、おふたりのお心遣い、痛み入ります。私も心を入れ替えて励みます」

「馬琴の一番弟子と、又弟子ふたりというわけですな」

「岩五郎、又弟子は図々しいぞ」

　儀助の苦言に、岩五郎は快活に笑った。

　三人合作の十七編が仕上がったのは、翌年のことだった。丁子屋は大喜びで、出来は文句なく、次編もぜひともお願いしますと、潤筆を置いて帰っていった。

「本当におふたりには、何とお礼を申し上げてよいやら。こちらは丁子屋さんからいただいた礼金です。どうぞお収めください」

「いや、おばさん、おれは礼なぞ結構です。おれの分は、こちらでお収めください」

　驚いたことに、松村儀助は稿料すら辞退した。この仕事のいわば立役者であり、お路と岩五郎は脇役に過ぎない。伏見岩五郎も、これには口を尖らせる。

「おい、儀助、おまえが受けねば、おれが困るではないか」

「岩五郎のところは子だくさんで、養い口が多いのだからもらっておけ」

　そうか、と納得し、岩五郎は稿料を懐にして、嬉しそうに帰っていった。

「儀助殿もどうぞ、お収めください。いくら何でも、ただ働きはさせられません」

「ただ働きなら、おばさんもしておりますよ。何枚も着物を縫ってもらったのに、仕立賃をとったことは一度もありません。馳走になることもしばしばですし」

「それくらい、ご近所なのですからあたりまえです。むしろこちらこそ、皆さまには手伝ってもらうばかりで……」

「おばさん、おれが何より有難かったのは、気兼ねなく蔵書をお貸しくださったことです」

たしかに儀助は、この家に本があふれていた頃は、毎日のように借りに来た。その多くを手放したとはいえ、馬琴の作品などは残してあり、未だにしばしば借りていく。

「おれがお役に立てたのも、この家の本のおかげです。つまりは礼金は本の借料として、すでにいただいております」

感極まって言葉にならなかった。情けは人の為ならず――。この組屋敷にいると、それを実感する。

『仮名読八犬伝』は幕末まで、およそ二十年にわたって続き、お路が最後に手掛けた二十七編は、今年刊行された。

作者は曲亭琴童。お路の筆名である。

にぎやかな孫の声が響く庭に、お路は顔を向けた。

翳み目がひどくて、庭のようすはほとんど見えない。目の異常は、一年半ほど前からだ。

去年、どうにか仮名読の二十七編を仕上げたが、すでに日記すら書けなくなった。舅が目を病んだときも、これほど情けなく不安な思いに駆られたのかと、いまさらながらに思い知る。

愛息を失い、我が身は老い、光すら絶えようとしている。まるで馬琴の通った道を、そのまま辿ったかのようだ。自嘲めいた笑みがわいた。

「でもね、お舅さんの知らないことをひとつだけ、私は学びましたよ。お舅さんは毛嫌いしていましたが、世間は、他人は、そう悪いものじゃありません」

おかげでこうして、つましいながらも暮らしていける。安穏とは言えない生涯だったが、不平を言うつもりもない。人の幸不幸は、おしなべて帳尻が合うようにできている。お路は最近、そう思うようになった。不幸が多ければ、幸いはより輝き、大過がなくば、己の幸運すら気づかずに過ぎる。

お路もまた、見過ごしていた幸せを、翳んだ目でながめていた。

宗伯と幼い太郎が、仲良く柿の実をもいでいる。これはいつのことだろう？

台所から、嫁を呼ばわるお百の声がきこえた気がして、ふり返った。

そこには、馬琴がいた。机に向かい、一心不乱に筆を動かしている。

「お舅さん、お茶にしましょうか？」

声をかけても、顔すら上げない。相変わらずだ、と笑みがこぼれた。

「おばあちゃん、李が膝から落ちてるよ」

「さっきから、何見てるの？」

孫の騒々しい声が割って入っても、馬琴の姿は頑固に消えなかった。

参考文献

『曲亭馬琴日記』第一～四巻・別巻　曲亭馬琴・著　柴田光彦・編
（二〇〇九～二〇一〇年、中央公論新社）
『瀧澤路女日記』上・下巻　瀧澤路・著　柴田光彦／大久保恵子・編
（二〇一二～二〇一三年、中央公論新社）
『吾佛乃記』滝沢馬琴・著　木村三四吾他・編（一九八七年、八木書店）
『滝沢馬琴』高田衛・著（二〇〇六年、ミネルヴァ書房）
『江戸の明け暮れ』森田誠吾・著（一九九二年、新潮社）
『馬琴一家の江戸暮らし』高牧實・著（二〇〇三年、中央公論新社）
『南総里見八犬伝』曲亭馬琴・著（一八一四～一八四二年、山崎平八他）
※国立国会図書館デジタルコレクション
『南総里見八犬伝』第一～十巻　曲亭馬琴・著　小池藤五郎・校訂
（一九九〇年、岩波書店）
『現代語訳　南総里見八犬伝』上・下巻　曲亭馬琴・著　白井喬二・現代語訳
（二〇〇四年、河出書房新社）

解説

植松三十里

西條奈加さんは帯広に近い池田町の出身だ。私も札幌に十年ほど住んでいたことがあって、北海道人の気質は心得ている方だと思う。

　歴史の新しい土地だけに、言葉に裏表がない。長い歴史を誇る京都で「ぶぶ漬け（お茶漬け）でも」と言ったら「帰れ」という意味だというのとは対極だ。

　西條さんにも北海道人らしい、あっけらかんとした印象があって、そこが彼女の人としての魅力のひとつになっている。

　でも、そんな西條さんから「馬琴の息子の嫁を書く」と聞いたときには、正直「へ？」と思った。

　お路は伝説的美談の人だ。視力を失った偉大な舅に代わって、難解な口述筆記を耐え抜き、『南総里見八犬伝』を完結させた。

　そんな暗めのイメージが、西條さんの明るさには少しそぐわない気がしたのだ。一体全体、どんなふうに描くのだろうかと懸念していたら、『曲亭(きょくてい)の家』の一章で、私の老婆心は見事に覆された。

二章からのお路は、黙って耐え忍ぶ嫁ではなくなる。それゆえに悩みもするのだが。

江戸は出稼ぎの町で、男性が圧倒的に多かった。そのため女性には希少価値があり、かかあ天下の土地柄。言いたい放題の嫁がいても不思議はない。三つ指ついて、よよと忍び泣く女など、それこそ希少に違いない。

お路は口にこそ出さないものの、気持ちの上で突き放す。老いてなお口の悪い姑(しゅうとめ)には「よぼよぼの年寄りに、怒ったところで仕方がない」と憤りをやり過ごし、八犬伝の書き方については「女のあつかいが雑」と心中で毒づく。

お路の境遇は、現代なら、とっくに妻側から離婚請求だ。でも江戸時代では、仕方なかったのだろうなとも思える。

時代小説の書き手にとって、現代人の共感と、時代物だからこその制限とは、常にせめぎ合う課題だ。そのギリギリのところで、読者を納得させなければならない。

西條さんの描くお路は、日頃(ひごろ)から耐え忍びはしないものの、それでいて長く耐え忍ぶ厳しい道を、みずから選び取る。突き放す思いと、心底からは突き放せない思いとが、お路の中で、ないまぜになっている。そんな揺れ動く心情の描き方が秀逸だ。

お路は成長しつつ、しだいに家の中で居場所を広げていくが、ほかの家族たちは、偉大な家長と八犬伝の犠牲になって、ひとり、またひとりと欠けていく。あれほど腹立たしかった夫も、いよいよ死が迫ると哀れが湧く。お百の今際に至っては、心に染み入るものがある。

蔵書も家も手放し、住み慣れた家を去る際に、お路は冬枯れの柿の木を見る。生前の夫が、かつて珍しく息子をかまってやり、柿の実を採ったことを思い出すのだ。つらかったはずの日々が、美しくよみがえる。

そんな物語の流れのみならず、西條さんの文章には、独特の比喩がある。

「思ったことを、食べこぼしのようにぼろぼろと落としていく。お百の口からこぼれた心配を、太郎が拾ってしまったようだ」

「部屋の隅に風呂敷で覆って隠していたものを、いきなり引きずり出されたような気がした」

「馬琴の求める清廉潔白は、あまりにも白過ぎて、道を歩いただけで飛ぶ泥のはねすら許さない」

そんな洒落た言いまわしが、時代小説らしさを、いよいよ醸し出す。

西條さん自身には、あっけらかんとした印象があるものの、繊細な表現力を目の当たりにすると、深いものを持っているのだなと、改めて気づかされる。

ところで曲亭馬琴の『南総里見八犬伝』は、まごうことなき怪奇痛快活劇だ。八つの不思議な珠が彼方へと飛び散って、八人の犬士に姿を変え、妖術まで駆使して敵を倒していく。

そんなドラマチックなストーリー展開とは裏腹に、なかなか文体は難解だ。作中にも描かれている通り、馬琴亡き後、たちまち簡略版が世に出まわった。

それは近年でも続いており、半世紀ほど前にはNHKの人形劇「新八犬伝」が、子供たちの大人気番組となった。

八人の犬士が登場するスタイルは、複数のヒーローが活躍するレンジャーものに影響したともいわれている。ほかにも何度も映画になったし、近ごろは漫画やアニメ、ゲームの世界でも取り上げられている。

戌年の二〇〇六年には、お正月特番の豪華なTVドラマになった。そのときに私は、番宣を兼ねたノベライズの仕事をした。作家デビュー直後だったので、執筆依頼を勇んで引き受け、『南総里見八犬伝』の現代語訳を二種類も買い込んで帰宅。

でも本を開いて、いきなり頭を抱えてしまった。人形劇や映画のイメージとは大違いで、現代語訳でも、すらすらとは読み進められなかったのだ。

そんなこともあって、この文庫本の解説を仰せつかったのだが、お路の苦労には頭が下がる。

そもそも、なぜ西條さんが、お路を書く気になったのか、聞いてみたことはない。ただ想像するに、八犬伝の怪奇の部分に興味を持ったのではないだろうか。

周知の通り、彼女は「金春屋（こんぱるや）ゴメス」で、日本ファンタジーノベル大賞を受賞して、作家デビューした。ここのところ「善人長屋」シリーズなど、王道の時代小説が執筆の主流だが、もともとは時代ファンタジーの人だ。

そこに八犬伝が刺さったのだろう。西條さん本来の世界に立ち返ったのかもしれない。この『曲亭の家』は直木賞受賞後第一作だが、それにふさわしく、西條奈加ならではの作品といえるだろう。

（うえまつ・みどり／作家）

本書は二〇二一年四月に小社より単行本として刊行されました。

さ 29-1

曲亭の家

著者　西條奈加

2023年6月18日第一刷発行

発行者　角川春樹

発行所　株式会社 角川春樹事務所

〒102-0074 東京都千代田区九段南2-1-30 イタリア文化会館

電話　03(3263)5247［編集］　03(3263)5881［営業］

印刷・製本　中央精版印刷株式会社

フォーマット・デザイン＆シンボルマーク　芦澤泰偉

ISBN978-4-7584-4569-6 C0193

http://www.kadokawaharuki.co.jp/［営業］

fanmail@kadokawaharuki.co.jp［編集］ ご意見・ご感想をお寄せください。

梶よう子の本

いろあわせ
摺師安次郎人情暦

神田明神下に住む通いの摺師・安次郎。寡黙ながら実直で練達な職人の彼に、おまんまの喰いっぱぐれの心配がないと、ついた二つ名は「おまんまの安」。そんな中、安次郎を兄と慕う兄弟弟子の直助が、様々な問題を持ち込んでくる。複雑に絡み合い薄れてしまった親子の絆、思い違いから確執を生んでしまった兄弟など……安次郎は否応なしに関わっていくことに——。五つの摺りの技法を軸に、人々が抱え込む淀んだ心の闇を澄み切った色へと染めていく。連作短篇時代小説。(解説・北上次郎)

梶よう子の本

父子（おやこ）ゆえ
摺師安次郎人情暦

神田明神下の長屋にひとりで暮らす摺師の安次郎。女房のお初に先立たれ、子の信太をお初の実家に預けながらも、一流の職人として様々な浮世絵を摺ってきた。そんな折、以前安次郎が摺った画の後摺が出回っていると、兄弟弟子の直助が摺り場に駆け込んできた。しかしその後摺は版元の意向か、絵師のきまぐれか、摺師の裁量か、いずれにしても安次郎が摺ったものとはべつな画に仕上がっていたのだ……。かけがえのない家族と、大切な仕事を守る浮世絵摺師を描いた傑作人情時代小説。（解説・菊池 仁）

ハルキ文庫